ALPES

ET

JURA

PARIS

Librairie A. COURCIER, Editeur

13, Boulevard St Michel, 13.

ALPES ET JURA

OU

LES AVENTURES DE JOACHIM

A MA CHÈRE BELLE-FILLE

MADAME A. MOREL.

C.

Meulan, Imprimerie de A. Masson.

Habitation de Mme Corsini.

ALPES ET JURA

OU

LES AVENTURES DE JOACHIM

PAR

T. MOREL

OFFICIER DE L'UNIVERSITÉ

ILLUSTRÉ DE BELLES GRAVURES

PARIS

LIBRAIRIE D'ÉDUCATION, A. COURCIER, ÉDITEUR

13, BOULEVARD SAINT-MICHEL, 13

1867

ALPES ET JURA

ou

LES AVENTURES DE JOACHIM

CHAPITRE PREMIER

Arbois en Franche-Comté. — La veuve et l'enfant de M. Pietro Corsini,
officier italien, capitaine pensionné de l'armée française, etc.

RBOIS est situé dans le fond d'une des vallées les
plus occidentales de la chaîne de Jura. Deux hautes
montagnes resserrant cette petite ville entre leurs pentes
couvertes de bois, de cultures et de rochers escarpés, l'abri-
tent contre la rigueur des saisons et semblent lui former un
nid où elle se serait cachée pour être heureuse et inconnue.

Cependant Arbois, comme d'autres villes plus illustres, a
subi, dans les siècles passés, les horreurs de la guerre ; mais
les habitants, doués de patience et d'énergie, ont su, après

chaque dévastation, réparer leurs ruines et se procurer par le travail un bien-être modeste.

La population active, économe, dure à la fatigue, semble peu soucieuse de faire parler beaucoup d'elle, quoiqu'elle ait vu sortir de son sein des hommes doués d'une haute intelligence et d'un véritable mérite. A force de ténacité, de constance, même en reportant péniblement la terre là où elle manque, emportée par les orages; en adoptant avec empressement les meilleures méthodes d'exploitation, ses vignerons obtiennent de la partie la moins fertile d'un territoire, d'ailleurs peu étendu, des vins fort estimés; les gourmets s'en délectent en Europe et même en Amérique.

La partie inférieure du vallon présente, comme cela se voit partout au pied des montagnes Comtoises, une végétation abondante et se trouve encore enrichie par une petite rivière, la Cuissance, dont les eaux ajoutent à sa fertilité. Aussi tous les genres de culture y prospèrent et y entretiennent une abondance qui rend la vie facile à tous.

Différentes industries, des usines que favorise la force peu dispendieuse des cours d'eau, y appellent et nourrissent d'assez nombreux ouvriers. Le commerce ajoute à l'aisance et chacun, sans envier son voisin, est avec lui dans les termes d'une constante, mais honorable et fraternelle émulation. Ainsi grandissent en fortune et en considération les familles où règnent l'ordre, l'union, la bonne intelligence, où, sous les yeux d'un chef prudent et respecté, chaque membre apporte modestement, sans se faire valoir et presque en silence, le fruit de son labeur quotidien, où chacun contribue de son mieux à la prospérité et au bonheur commun.

En 1817, à l'extrémité d'un faubourg de cette ville, on voyait une maison fort simple, isolée au milieu d'un petit jardin soigneusement entretenu. Là vivait, entourée du respect public, la veuve d'un officier d'origine italienne, mort au service de France, madame Corsini. Ses ressources étaient des plus médiocres et consistaient presque uniquement dans une petite pension que l'État lui faisait depuis la mort de son mari. Elle avait, il est vrai, recueilli de ses père et mère, à l'époque de son mariage, une honnête fortune ; mais elle ne tarda guère à se la voir enlever, du vivant même de son époux, par suite d'un procès suscité contre elle par un proche parent, que, jusque-là, elle avait cru son ami.

Vers le temps où cet homme consommait froidement la ruine de sa malheureuse cousine, M. Corsini avait, lui aussi, souffert une épreuve bien douloureuse du côté de sa famille.

On se rappelle qu'au commencement de ce siècle, l'Italie du nord et du centre faisait partie de l'Empire français : à l'époque de cette extension de la France au-delà des Alpes, M. Corsini prit place dans les rangs de notre armée où sa bravoure et la distinction de son esprit n'avaient pas tardé à le faire remarquer de ses supérieurs. Il semblait appelé à un brillant avenir, lorsque les désastres militaires de 1814 détachèrent de nous son pays natal.

Mais l'armée française était restée pour M. Corsini, comme pour beaucoup d'officiers italiens, une sorte de famille ; il ne voulut pas se séparer d'elle. Le Maréchal ***, qui avait pour lui la plus haute estime, obtint qu'il serait maintenu dans les cadres. Malheureusement, après la catastrophe de Waterloo, beaucoup d'officiers furent renvoyés dans leurs foyers avec un traitement de demi-solde.

Ce fut alors qu'il vint se fixer à Arbois, attendant avec résignation des jours meilleurs qui ne parurent pas.

M. Corsini avait une simplicité d'habitudes qui lui eût permis de vivre dans la retraite avec moins de revenus encore que son chétif traitement ; sa digne femme n'ambitionnait rien pour elle-même ; elle se fût trouvée heureuse avec lui dans la condition la plus obscure ; mais tous deux pensaient au fils que le ciel leur avait donné, le petit Joachim, et ne pouvaient envisager sans tristesse le sort qui attendait cet enfant. Né à une époque où tout paraissait lui sourire, Joachim allait grandir dans une maison presque pauvre. Comment trouver les moyens nécessaires pour assurer son éducation, le mener aux grandes écoles ? Bien souvent son père et sa mère s'interrogeaient avec inquiétude et laissaient tomber sur sa jeune tête des larmes de douleur et de tendresse.

Et cependant M. Corsini était issu d'une famille riche. Son père décédé depuis peu avait laissé des biens considérables.

D'où vient qu'il fût lui même privé des moyens de préparer le bonheur de son enfant?

Cette fâcheuse situation exige quelques éclaircissements.

L'Italie, sous l'administration française, avait promptement obtenu des avantages considérables : un esprit nouveau y circulait partout et faisait des miracles inattendus pour la régénération de ce beau pays.

Il y avait néanmoins de ces esprits chagrins qui nient ou qui repoussent le progrès. Ces gens-là qui ne regardaient jamais et qui ne voulaient marcher qu'en arrière, ceux que leurs compatriotes nommaient conséquemment les *reculoni*, les *caudini*, ne rêvaient que le retour de leur ancien régime et regrettaient sans cesse leurs priviléges abolis.

En face de ces mécontents s'était formé le parti français ou de l'avenir et du progrès. Tout ce qui croyait à la perfectibilité des hommes et de leurs institutions avait franchement accepté l'impulsion communiquée par les Français, s'était pénétré de leurs idées, rallié à leurs lois.

De là des divisions, des inimitiés profondes, souvent entre les membres d'une même famille.

C'est ce qui était arrivé dans la famille de M. Pietro Corsini. Tandis qu'il entrait au service de la France, son frère aîné Julio se déclarait dans un sens tout opposé. Les deux frères étaient nés de parents honorables et honorés ; ils devaient recueillir après eux une fortune importante ; des discussions assez vives s'élevaient souvent entre eux sur les événements politiques qui se passaient sous leurs yeux.

Pietro d'un caractère vif et bouillant, mais plein de droiture et de loyauté, n'emportait de ses discussions aucune animosité contre son frère qu'il aimait sincèrement. Il n'en était pas de même de Julio qui, sous une apparence de douceur bienveillante, amassait secrètement mille pensées haineuses, des désirs de vengeance dans lesquels il enveloppait avec son jeune frère, sa belle-sœur à cause de sa qualité de française, et leur enfant.

Le jour où l'Italie retomba sous ses anciens maîtres, Julio Corsini ne fut pas le dernier à faire son profit de ce changement. Il obtint à la mort de son père, et d'après les anciennes lois remises en vigueur, les deux tiers de la succession du vieillard, et prétendit encore se faire adjuger, sous différents prétextes, le dernier tiers.

Un vieux procureur du même nom que lui et aussi un peu son parent, lui servit d'auxiliaire et fit si bien qu'un procès s'engagea. Le rusé chicaneur se chargea, pour Julio, l'aîné, d'envelopper la procédure de formules surannées, de procédures puisées dans le vieil arsenal des lois italiennes, de ruses et de subtilités désespérantes, ruineuses.

Pietro, outre le désavantage d'avoir servi les Français et de résider hors de l'Italie, ce qui ne lui donnait guère de chances d'obtenir justice, avait eu le malheur de confier ses intérêts à un certain Allazia qu'on lui avait donné comme un honnête homme ; mais celui-ci ne tarda pas à s'entendre sous main avec son adversaire ; si bien que tout se trouva peu à peu enveloppé de difficultés tellement inextricables que nul n'aurait pu prévoir le terme du procès, ni quelle en serait la solution.

Un homme honnête et bon regarde toujours un procès de famille comme un terrible malheur. Pietro déjà navré par la chûte des espérances qu'il avait conçues pour son pays, se sentait abreuvé d'amertume : tant d'épreuves le brisèrent. Une de ses blessures se rouvrit. Il fut obligé de s'aliter et ne se releva plus. Après plusieurs semaines de vives souffrances, il expira.

CHAPITRE II

La tendresse d'une mère. — Bonnes qualités natives et défauts du jeune
Joachim Corsini. — Une âme en péril.

Adame Corsini pleura le capitaine ; mais elle trouva
dans l'amour passionné qu'elle avait pour Joachim
le courage de supporter un deuil aussi cruel. Ne de-
vait-elle pas s'efforcer de vivre ? Quel sort attend un pauvre
enfant si sa mère lui manque ?

Toutefois sa santé chancelante, ses regrets incessants de la
perte de son mari, ses constantes inquiétudes sur l'avenir de
son fils, avaient fini par affaiblir son caractère : on aurait pu
désirer en elle un peu plus d'énergie et de volonté. Mère
tendre et dévouée, elle n'avait de force que pour satisfaire tous
les caprices de son Joachim qui, dans l'innocence du premier
âge, ne tarda pas à exercer la tyrannie d'un enfant auquel on

ne sait pas résister à propos. Il aimait certainement sa mère :
il avait pour elle des élans de tendresse qui épanouissaient de
reconnaissance ce cœur si profondément contristé. Puis, l'instant d'après, c'étaient des fantaisies impossibles à contenter.
Venaient alors des trépignements d'impatience, des cris aigus,
des pleurs de colère. A ces mouvements d'humeur, à ces
brusques changements, à ces exigences déraisonnables, à cet
abus que faisait Joachim de la faiblesse de sa mère jusqu'à
compromettre sa santé très-délicate, succédaient tout-à-coup
des accès d'amour filial et de repentir. Les inégalités de sa conduite causaient bien quelques inquiétudes à Madame Corsini ;
mais elle se rassurait en pensant qu'au fond il avait bon
cœur : elle espérait que, la raison aidant, ses défauts s'effa-
ceraient peu à peu, et, d'avance, elle était heureuse de lui
pardonner... car elle était mère !

Ajoutons un trait à ce que nous avons dit de la mère et du
fils et nous aurons achevé de les faire connaître l'un et l'autre.
Madame Corsini idolâtrait son enfant, comme nous l'avons vu ;
elle aimait à le parer, à se mirer en lui. Femme de goût et
habile dans tous les travaux d'aiguille, elle confectionnait elle-
même les vêtements de Joachim, et, sans oublier une stricte
économie, elle savait leur donner une forme gracieuse et dis-
tinguée. Or l'enfant tout joyeux se comparait, dans sa jolie
toilette, aux petits voisins de son âge, à ceux surtout qui

appartenaient à une condition peu aisée ; il finissait par se croire plus qu'eux et s'abandonnait à une vanité qui lui nuisait dans ses rapports journaliers : quelques-uns l'appelaient *Monsieur* Joachim, et il en était tout fier.

Voyez, un dimanche ou quelque jour de grande fête, Madame Corsini, modeste et recueillie, se rendre à Saint-Just, sa paroisse, conduisant par la main son fils bien-aimé qui, à l'imitation de sa mère, avance d'un pas mesuré, l'air tout-à-fait raisonnable, sans s'éloigner d'elle, sans bondir à droite et à gauche, comme pendant leurs promenades sous les beaux arbres de la forêt voisine ou le long des sentiers fleuris qui bordent les eaux fraiches et limpides de la Cuissance.

Ces jours-là, Joachim libre dans ses élans de gaieté, franchissait lestement les fossés du chemin pour cueillir à pleines mains les baies de la ronce ou la fleur gracieuse et odorante de l'églantier. Parfois encore il se glissait sans bruit, le corps penché vers la terre et respirant à peine, pour épier la gentille fauvette qui édifiait avec tant de sollicitude et d'amour le berceau où devait s'élever sa jeune famille. C'étaient des cris de joie, des battements de mains ; il courait alors près de sa mère qu'il entraînait pour lui montrer sa précieuse découverte.

Pendant que son enfant se livrait à ses ébats, Madame Corsini, sans le perdre de vue, faisait, elle, sa récolte de simples dont elle connaissait les propriétés bienfaisantes, et qu'elle cueillait pour les classer avec soin et les distribuer ensuite aux pauvres gens de son voisinage.

Mais le dimanche était consacré à d'autres soins : tout en parant son fils de ses habits de fête, elle le disposait au recueillement et à la prière ; lui faisait comprendre avec quelle décence et quelle retenue il convient de se présenter dans la maison du Seigneur. Aussi, dans le trajet de sa demeure à l'église, recevait-elle de toutes parts des marques de respect et de bienveillance, et son fils entendait-il faire son propre éloge tout le long du chemin.

« Vois, disait une mère à son enfant indocile, vois comme ce » petit Monsieur obéit bien à sa mère, comme il paraît l'aimer ! » Je serais bien heureuse si tu voulais lui ressembler. — » Vois, disait une autre à son enfant étourdi et toujours » distrait à l'église, vois comme il est sage ! Aussi comme » il priera le bon Dieu de tout son cœur et comme il profitera » du prône de Monsieur le Curé ! Imite-le, mon ami, ne sois » plus si dissipé et tu me rendras bien contente. »

Ainsi parlaient ces femmes pieuses et simples de cœur. Jusque-là tout était bien ; leurs remarques ne pouvaient que profiter à Joachim en l'engageant à perservérer, et Madame Corsini les saluait d'un sourire reconnaissant.

D'autres, moins prudentes ou plus frivoles, tenaient un tout autre langage : « Comme ses habits lui vont bien, disait

» une voisine ; mais regardez quelle jolie tournure ; ah ! si
» le mien lui ressemblait ! Mais c'est qu'il a déjà l'air d'un
» petit homme ! Mon Dieu , mon Dieu ! qu'il est donc
» gentil ! »

Et Joachim passait tout fier, tout glorieux, bien plus sensible à ces compliments sur ses beaux habits et sa jolie figure, qu'aux éloges donnés à sa sagesse.

Ainsi s'établit le plus souvent la lutte entre le bien et le
mal, entre les bonnes et les mauvaises influences ; lutte perfide
et dangereuse, capable de détruire en un moment, par suite de
quelques paroles inconsidérées , tous les bons effets produits
par les avis et les conseils d'une mère, toutes ses conquêtes
sur le caractère et le cœur de son enfant : lutte navrante parfois, impossible à prévenir, toujours renouvelée par les incon-
séquences du monde, et qui tient une mère dans une constante
inquiétude. Heureuses les mères qui parviennent à échapper
à ce danger ! Heureux les enfants qui aiment à se réfugier
sous leur protection tutélaire !

Souvent, hélas ! un enfant, même élevé par une mère qu'il
aime, se perd peu à peu. Quelquefois aussi la Providence daigne
envoyer alors des épreuves plus ou moins pénibles, mais sa-
lutaires, qui épurent une âme et retrempent par le malheur
de belles qualités natives que l'imprudence allait laisser se
corrompre.

CHAPITRE III

ADAME Corsini, en dépit de sa tristesse et des préoccupations que lui causait l'avenir, se livrait sans relâche aux soins de toute nature que lui inspirait son affection pour Joachim.

Toujours occupée de son intérieur, donnant elle-même à son petit jardin, selon la mesure de ses forces, des soins attentifs, cette bonne mère sortait rarement de sa demeure. Ses voisins l'aimaient à cause de son affabilité, de son obligeance toujours empressée ; aussi lui rendaient-ils une foule de petits services ; c'était à qui lui prêterait son aide pour lui éviter toute fatigue trop forte. L'un ou l'autre venait, unique-

2

ment pour lui être agréable, retourner ou arroser la terre de ses plates-bandes, émonder ses arbres ou charrier des fardeaux. Pour tout salaire, nul ne voulait qu'une parole de bonne grâce de la mère, une caresse de Joachim toujours prêt à babiller autour de l'obligeant voisin.

Madame Corsini recevait aussi, de temps en temps, la visite de quelques dames de la ville dont elle avait fait sa société avant son veuvage. Elles avaient admiré sa douceur, sa patience et son dévouement pendant la dernière maladie du capitaine; elles avaient apprécié dignement sa résignation, ses vertus solides et modestes; elles n'avaient pas abandonné leur amie dans la douleur et l'adversité : exemple malheureusement trop rare d'amitié constante et de charité chrétienne.

Parmi les personnes auxquelles elle devait et vouait sincèrement une profonde reconnaissance, elle distinguait surtout la famille Desgranges que le capitaine Corsini avait connue à Turin lorsqu'il y avait tenu garnison. M. Desgranges, à l'époque où nous occupions l'Italie, était allé fonder une fabrique importante d'objets d'équipement et d'armement militaires. Son entreprise avait réussi au-delà de ses espérances; mais en 1814, à la suite de la retraite des troupes françaises, il avait dû, comme bien d'autres, abandonner tout et revenir en France. La réaction s'était montrée si violente qu'elle n'avait laissé ni sûreté ni protection à nos nationaux, même à ceux qui n'avaient occupé aucune fonction publique. Une ordonnance de renvoi sans délai fut signifiée à tous, sans considération pour le mérite personnel et les services rendus : l'ordre de renvoi n'admettait aucune exception.

Du reste, quelle justice attendre d'un gouvernement qui, tout affolé d'un retour inespéré, n'eut rien de plus pressé que de renverser d'un seul coup toutes les lois, toutes les institutions bienfaisantes apportées par les Français pour la prospérité du pays, et de ramener tout à l'état de marasme et d'humiliation qui existait avant 1792.

La fièvre de restauration, qui fit alors le tour de l'Europe, fut d'une intensité telle que l'on ose à peine répéter les récits qu'en faisait M. Desgranges. « Aussitôt, disait-il, que le Roi » de Sardaigne eût recouvré le Piémont, il fit lacérer les » plans du cadastre récemment achevé par les Français, ce » qui bouleversa tous les classements et toutes les estimations » des terres. S'étant fait apporter l'almanach royal de 1797, » il commanda de rappeler à leurs emplois à la Cour et dans » les ministères, tous les anciens titulaires qui figuraient sur ce » répertoire, ceux-là, du moins, qui ne s'étaient ni de près » ni de loin ralliés à la France. S'ils étaient morts ou si, trop » caducs, ils ne pouvaient reprendre du service, on les rem- » plaçait par les fonctionnaires du degré inférieur et ainsi de

» suite ; de sorte que le simple commis d'autrefois courait la
» chance de passer d'emblée chef de bureau ou même chef
» de division.

» Pour l'armée, ce fut un autre embarras : comment faire
» pour renvoyer chacun à son grade d'avant 1797 ? On eut
» recours à une dissolution complète. Nul ne put désormais
» arriver au grade d'officier s'il n'était noble. Pour conserver
» les roturiers qui, par un mérite incontestable, s'étaient élevés
» à des grades supérieurs et dont on ne pouvait se passer,
» après enquête toutefois, on les anoblit en leur accordant
» les ordres du Roi et l'on renvoya tout le reste.

» Un officier Piémontais, devenu colonel au service de la
» France et chef du dépôt des cartes de la guerre, voulant
» rentrer dans son pays, sollicita son admission dans la nou-
» velle armée ; on consulta les anciens cadres ; il y était porté
» comme sergent ; on consentait à l'admettre à résipiscence,
» mais à condition qu'il redeviendrait sergent !

» Puis on fit la revue des améliorations matérielles, des
» embellissements et des monuments dont le pays s'était en-
» richi pendant le séjour des Français : plusieurs routes furent
» à dessin rendues impraticables ; d'accord avec les Autri-
» chiens, le gouvernement dévasta les magnifiques travaux
» du Simplon et rendit impossible le passage du mont Genè-
» vre vers Briançon, par Pignerol, Fénestrel et Sezanne. Tant

» on craignait encore la circulation des choses, des personnes
» et des idées qui pouvaient venir de France ! »

M. Desgranges récriminait ainsi, un peu pour sa satisfaction
personnelle et par un esprit de rancune assez légitime, mais
surtout pour préparer Madame Corsini à subir avec résignation la perte certaine, selon lui, de ce qu'elle conservait encore
d'espoir dans la justice de sa cause. « Abandonnez tout, di-
» sait-il en s'exaltant dans sa probité indignée ; retirez votre
» confiance à des gens d'affaires qui vous trompent cruelle-
» ment. Vous êtes pour eux une étrangère : c'est tout dire !
» Ils éterniseront votre procès ; ils vous ruineront en frais.
» Ah ! s'il se présentait l'occasion d'une transaction, quelque
» mauvaise qu'elle fût ! Mais bah ! Ils en détourneraient votre
» beau-frère qui se montre, lui, bien trop avide et trop cruel
» pour en accueillir même la pensée. Et votre procureur ! J'ai
» eu affaire à lui, dans le temps. Je le vois encore avec son
» air gelé, ses petits yeux gris enfoncés dans leurs orbites, sa
» perruque roussie et à moitié pelée, son museau de fouine et
» son nez pointu barbouillé de tabac ; je le vois encore au milieu
» de ses sacs à procès tout chargés de poussière, derrière les-
» quels est certainement enfoui le vôtre, et pour longtemps,
» je vous en réponds. Il avait imaginé, le vieux renard, une
» ruse dont j'ai été dupe bien des années : j'allais le presser
» d'agir, de terminer telle ou telle affaire qui devait être mûre ;

» il courbait sa maigre échine, se rapetissait dans son vieux
» fauteuil de paille, me laissait tout dire sans me répondre
» qu'en tremblotant et seulement pour m'opposer quelque
» difficulté nouvelle, et, partant, de nouveaux retards. L'im-
» patience me prenait, j'élevais la voix..... A ce moment
» concerté bien certainement, sa vieille sempiternelle de
» femme ne manquait jamais de se présenter en me faisant
» ridiculement trois ou quatre humbles révérences et disait
» d'un air mignard et de sa voix flûtée à son mari : mon
» ami ! votre infusion est prête ; voici l'heure ; vous oubliez
» la recommandation du médecin ! Mon homme me glissait
» entre les doigts, suivi de sa douce et mielleuse épouse qui
» ne manquait jamais de venir, quelques instants après, m'an-
» noncer d'un air tout bouleversé, que son cher mari venait
» d'éprouver une crise qui l'avait forcé de se mettre au lit ;
» il me priait de repasser un autre jour ; et moi, pauvre dupe,
» je m'y laissais prendre. A la fin, honteux de moi-même, je
» lui retirai toutes mes affaires. Mais hélas ! dans mon compte
» de frais, je trouvai toutes mes visites ainsi avortées, mes
» sessions, comme ils disent, exactement pointées comme si
» elles avaient servi à autre chose qu'à me faire perdre mon
» temps. J'en étais chaque fois pour mes six francs : c'était
» ainsi que ces Messieurs se faisaient payer leurs honoraires.
» C'était le tarif : je n'avais rien à dire.

» Et mes avocats ! s'écriait M. Desgranges en s'exaspérant
» de plus en plus : on en citait un qui avait gagné ses pre-
» miers cent francs, en qualité de clerc, dans un procès qu'il
» nourrissait alors depuis cinquante-deux ans ! Croyez-moi,
» Madame, transigez à quelque prix que ce soit, ou abandon-
» nez tout ! »

Il avouait cependant qu'il avait fini par rencontrer deux
honorables hommes de loi qui lui avaient fait rendre justice.

« Mais l'autorité ! reprenait-il, que pouvez-vous attendre
» de gens qui ont poussé le burlesque jusqu'à s'en prendre à
» l'alphabet ? Oui ! la lettre *z* ainsi formée par les Français a
» été proscrite et la lettre *r* des Italiens seule permise et usitée
» sous peine de punition exemplaire pour ceux qui l'ensei-
» gneraient ou qui persisteraient à l'employer. »

Ces traits de folie, les uns simplement absurdes, les autres
ridicules et nuisibles aux intérêts du pays, et bien d'autres
encore, nous ont été confirmés, plus de trente ans après, par
de nombreux témoins dignes de toute confiance. Ceci ne
prouve-t-il pas jusqu'où peut aller la fièvre qui, parfois, s'empare des peuples et de ceux qui les gouvernent ? Un prince
Allemand, notre voisin, n'avait-il pas, à la même époque,
défendu l'enseignement et l'usage de la langue française dans
toute l'étendue de ses états?

Cependant, pour être juste, il faut convenir que bon nombre

d'hommes, appartenant aux classes élevées du Piémont, gé-
missaient de cet état de choses. Ils voyaient, avec une véritable douleur, ces populations qui avaient commencé à nous
suivre dans nos élans vers le progrès et vers une civilisation
plus avancée, redescendre, sous la pression de la misère, à la
dégradation de l'intelligence et des mœurs. Les mêmes populations avaient fourni à nos armées des corps nombreux dignes
en tout de marcher sous nos drapeaux ; soldats dociles, ils
se faisaient remarquer à côté des nôtres par leur discipline et
leur courage. Rentrés dans leurs tristes foyers, ils n'osaient
raconter que bien bas, honteux de l'état où ils se voyaient
refoulés, la part qu'ils avaient prise à nos glorieuses expéditions.

Un vieux sergent, prisonnier des Russes en 1812, avait
dû, au sortir de sa captivité, traverser, en compagnie de
quelques camarades, toute l'Allemagne, comme un mendiant
honni et injurié. Une fois en Italie, ces braves gens croyaient
toucher au terme de leurs humiliations. Loin de là, ils avaient
eu à courir des dangers sérieux et à dissimuler, pendant les
premiers temps, leur arrivée dans leurs familles.

Dans les campagnes surtout la misère était pénible à voir.
Des hommes forts et robustes, bons travailleurs, ne gagnaient
pas un salaire suffisant pour leurs besoins personnels : un
franc ou un franc vingt-cinq centimes par jour ! La plupart

étaient payés, pour la moitié ou même les trois quarts, en denrées équivoques que les propriétaires les forçaient de recevoir au prix de marchandises de choix. Un grand propriétaire, M. le Comte de L..., ne craignait pas de vanter publiquement, comme chose toute naturelle, cet odieux calcul. « En m'acquittant ainsi, disait-il, je me trouve avoir » vendu les produits de ma terre au même prix qu'à la ville, » sans concurrence possible, et je fais en outre l'économie » des frais de transport. »

La condition des femmes n'était pas meilleure : elles gagnaient en moyenne quarante centimes par jour et elles étaient payées de la même manière. Avec quelques centimes qui restaient à la fin de chaque quinzaine, elles achetaient un peu de lin, bien peu, comme on le pense, qu'elles filaient en prenant sur leur sommeil ; elles en faisaient, à la longue, quelques mètres de toile grossière confiés ensuite, le tisserand payé, à un colporteur qui se chargeait de les vendre à leur profit, moyennant une retenue qui pesait encore sur leur chétif capital. L'argent obtenu de la sorte était à peu près le seul qu'elles pussent recevoir.

Et les jeunes filles ! pauvres enfants ! Elles marchaient honteuses de leurs vêtements délabrés, à peine suffisants pour les couvrir ; elles se rendaient au travail, les pieds nus, longeant les murs et les haies des chemins, les yeux baissés, évitant de leur mieux les regards des passants. Quant à leur riche chevelure, la seule coquetterie qui leur fût permise, puisqu'elles la devaient à la bonne nature, elles la relevaient gracieusement à l'aide d'une sorte de flèche en bois coupée au premier buisson ou de quelque os de volaille ramassé à la porte du riche.

Mais les jours de pluie ! jours de tristesse et de chômage forcé ; pendant que les femmes préparaient avec la farine de maïs dont elles faisaient, sans autre assaisonnement qu'un peu de sel, cette bouillie épaisse nommée *polenta* qu'elles servaient sur une planche où chacun découpait sa part à l'aide d'un fil, on voyait les hommes s'asseoir en dehors de leurs tristes demeures, sans doute pour se soustraire au spectacle des misères de l'intérieur. Ils se tenaient là immobiles, l'air morne, méditant peut-être quelque entreprise coupable et forcenée. S'ils s'absentaient pour une course loin du village, ils avaient, pour tout manteau, une manière de grand collet formé de roseaux tressés comme un paillasson de jardin.

Tant de douleurs n'expliquent-elles pas une partie des crimes qui se commettaient dans les campagnes ? De là ces attaques nombreuses sur les routes, ces voyageurs dépouillés, ces voitures dévalisées, ces assassinats, ces meurtres même en cas de résistance. Chez un peuple où l'homme peut vivre honnêtement de son travail, il se rencontre encore des êtres que la paresse, l'ivrognerie, l'inconduite mènent jusqu'aux horreurs de la plus vile dégradation ; mais ils sont détestés de tous et leur exemple ne séduit personne. Si le peuple est misérable, l'opinion publique les condamne moins haut ; leur contact inspire moins de répugnance et bientôt ils entraînent dans la route de leurs égarements les faibles et les désespérés.

CHAPITRE IV

Une arrestation sur la grande route de Turin à Alexandrie. — Entretien d'un voleur et d'un voyageur pleins d'égards mutuels.

A l'époque, et dans le pays qui sont maintenant connus du lecteur, souvent des misérables formaient une société de dix ou douze hommes, tous habitants de villages ou même de districts différents, se réunissaient à jour convenu, commettaient leurs vols audacieux et se dispersaient aussitôt après le partage du butin. Sans doute leurs voisins connaissaient ou soupçonnaient leur coupable industrie ; mais par cela même, on les craignait et personne n'osait les dénoncer.

Le village de Lombriasco, situé dans la vallée du Pô, possédait, sans avoir lieu d'en être fier, un habitant du nom d'Ozelli, propriétaire en ce lieu d'un petit domaine qui, bien

Mauvaise rencontre.

cultivé, aurait suffi à la subsistance d'un honnête homme. Ozelli, né moins pauvre que ses voisins, avait en revanche des instincts plus pernicieux qu'on n'en eût trouvé dans aucun paysan de dix lieues à la ronde. Il aimait l'argent pour l'argent, le mal pour le mal, et sa cruauté jointe à un étonnant esprit de ruse, lui avaient donné de la considération parmi tous les coquins des environs. Il était brigand et même chef de brigands. Sa bande exploitait la grande route de Turin à Alexandrie, dans le voisinage de Villa-Nova d'Asti, à la jonction de cette route avec celle qui vient de Moncalieri et Poirino. Près de là, dans les ruines du vieux château de Corveilla, il avait disposé un entrepôt secret pour ses marchandises et un assez bon poste pour se retirer et se défendre au besoin.

Les fermiers des environs et leurs valets apercevaient bien quelquefois ces bandits; mais les maîtres craignant pour leurs bâtiments et leurs récoltes, avaient donné des ordres : on laissait faire, on laissait passer. Les postillons les connaissaient aussi; mais soit accord des uns et des autres, comme on l'a souvent dit, soit timidité, — lorsqu'il y avait attaque, le postillon descendait de cheval, se couchait à terre comme les voyageurs, maintenus sous la menace de la terrible espingole traditionnelle et ne se relevait qu'après l'entière disparition des voleurs. Ozelli était certainement l'un des plus redoutables de ces détrousseurs de grand chemin; il ne se faisait aucun scrupule d'assassiner le voyageur qui tentait la moindre résistance.

Un soir que la bande dévalisait une diligence venant de Gênes, tout se passait comme de coutume. De tous les voyageurs, un seul voulut résister ; il y eut un commencement de lutte ; Ozelli s'avança lentement, tout en armant son espingole, l'appuya sur la poitrine du récalcitrant ; il allait faire feu, quand tout-à-coup il la releva : ces deux hommes s'étaient reconnus... L'un des deux était M. Julio Corsini qui employait souvent Ozelli dans les travaux de son parc de Pancalieri, village voisin de Lombriasco.

— Giorgio, dit-il, es-tu donc si mauvais Italien que tu fasses dépouiller un compatriote comme s'il était un *forestiere* (étranger) ? Cela n'est pas raisonnable et peut te coûter plus cher.

— Mais, signor, pourquoi voyagez-vous par la diligence ? Vous savez bien que si vous étiez venu sur la route dans votre berline ou dans votre calèche, personne, entre les amis de Giorgio Ozelli, ne vous aurait barré le chemin. Ils n'ignorent pas que, les jours où l'on aime mieux remuer la terre que visiter les poches des passants, on trouve à travailler dans vos domaines, et nous ne sommes pas assez sots pour nous priver d'un si bon *padrone* (maître).

En prononçant ces paroles, Ozelli souriait d'un air qui

n'annonçait pas une entière admiration pour les vertus de M. Corsini.

Le voyageur reprit :

— Oui, je suis un bon padrone.

— Sans doute, dit à son tour le brigand ; ce n'est pas que vous payiez les journées plus cher qu'un autre , ni qu'un manouvrier boive chez vous de meilleure piquette qu'ailleurs ; mais vous êtes plus compatissant pour les pauvres journaliers de votre voisinage à qui la justice veut, par hasard, causer de la peine. Ils peuvent toujours invoquer votre témoignage et vous ne manquez pas de déclarer au Juge que le *povero* était bien tranquillement chez vous à sarcler ou à bêcher, dans le temps que telle ou telle attaque s'est faite sur le grand chemin.

— C'est parce que je suis connu que je m'étonne de la maladresse de ces lourdauds , tes camarades, qui voulaient me prendre ma valise.

— Pour cela, signor, il le faut.

Et Ozelli, baissant la voix, ajouta :

— Il le faut, dans votre intérêt même : pour le bon droit.

— Que veux-tu dire ?

— A moins que je ne fasse tuer tous ces poltrons qui tremblent là, le nez dans le sable, je dois, avant de les renvoyer, vous dépouiller comme eux. Sinon, ils jaseront et les

juges commenceront par forcer M. Corsini d'avouer tout ce
qui se sera passé en cet endroit. Ozelli sera mis aux galères
ou pendu ; ses compagnons ne seront pas mieux traités et
personne d'eux ne pourra, non plus que moi, vous demander
de témoignage pour lui. Je ne sais même pas si le mieux
ne serait point de terminer toute cette aventure en cassant la
tête à *tous mes* prisonniers. On aurait peut-être moins de
suites à craindre que si je vous laisse partir, vous, signor, et
votre précieux bagage.

M. Corsini ne put réprimer une légère grimace ; cependant il répliqua d'une voix suffisamment assurée :

— Mon bagage n'a rien de précieux pour toi : regarde.
Je n'ai que des papiers d'affaires absolument inutiles à tout
autre que M. Julio Corsini. Tu feras donc une mauvaise
affaire en me tuant, puisque cela ne te vaudra pas un denier.
Et de plus, la justice du Roi qui consent à fermer les yeux
sur certaines pilleries, sera bien obligée de faire des recherches
sévères quand elle apprendra que l'on a trouvé huit ou dix
cadavres, et, dans le nombre, celui du bon M. Corsini.

— J'ai déjà pensé à tout cela ; aussi vous laisserai-je
partir ; mais je répète que je garde la valise. Je ne veux pas
qu'elle voyage avec vous. En la voyant, vos compagnons de
route soupçonneraient quelque manége entre nous deux et il
en arriverait malheur.

M. Corsini fit alors un geste d'inquiétude ; mais le brigand se hâta de le rassurer en disant :

— Soyez tranquille ; elle arrivera en même temps que vous à votre destination ; oui, elle y arrivera intacte. Je me fie à vous pour que vous ne disiez rien contre moi ; fiez-vous à moi pour ce que je vous dis.

— Soit ! j'y compte.

Ozelli salua, fit signe à ses camarades de se réunir et d'emporter les dépouilles. Une demi-heure après, le postillon remontait sur sa selle, chaque voyageur à sa place, et la diligence, plus légère, continuait son étape.

M. Julio Corsini reçut son bagage qu'une main inconnue déposa à son hôtel. Du reste, il garda le silence sur cette aventure et continua même à faire travailler Ozelli ; c'était aussi de la prévoyance. En effet, cet homme était à lui désormais, obligé de lui obéir en toutes choses, par crainte d'être dénoncé. Un méchant a besoin d'instruments comme celui-là, et les réserve pour s'en servir au moment opportun.

Ozelli, à l'époque de la scène que nous avons rapportée, n'était pas au début de sa carrière de coquin. Il avait déjà passé quelques années aux galères, du temps des Français, et, justement, c'était M. Desgranges qui l'avait fait condamner, l'ayant pris sur le fait au milieu de ses ateliers, dans les derniers mois qui précédèrent sa retraite forcée hors de Turin.

Le doigt de Dieu était là ! Ses voies sont parfois incompréhensibles aux hommes : nul ne peut les prévoir. Sa justice avance lentement, mais sans perdre de vue le coupable ; elle le suit partout et sans relâche. Après lui avoir laissé le temps du repentir, lassée enfin de sa perversité et de son endurcissement dans le crime, elle éclate aux yeux de tous, le livrant à ses remords et à la vindicte des hommes.

CHAPITRE V

ORSQUE M. Desgranges avait bien exhalé sa mauvaise humeur contre les procureurs en général et celui de Madame Corsini en particulier, contre les avocats, les greffiers et tous les gens de justice d'au-delà des monts ; quand il avait bien désespéré son amie par ses fâcheux pronostics, il se calmait peu à peu et reprenant l'air de bonhomie qui lui était naturel : « Allons, allons, disait-il par-
» fois, ne vous désolez pas ainsi ; il y a dans ce pays-là de
» braves gens comme ailleurs ; tout cela tournera peut-être
» mieux que nous ne le supposons ; oubliez ce que j'en ai dit
» et prenez courage. Voyons, j'ai eu tort de vous affliger. Il

» faut d'abord me pardonner ma faute et me montrer ensuite
» que vous n'y pensez plus..... Quand viendrez-vous passer
» la journée avec nous, hein ? Tenez, voici ma femme qui se
» prend à sourire de contentement parce qu'elle croit que
» vous ne nous fuirez pas. Elle vous aime bien, voyez-vous ;
» elle est si heureuse quand elle vous a près d'elle ! Le
» plaisir qu'elle en aura ne m'empêchera pas d'être grondé
» ce soir de ma sotte escapade ; mais je le supporterai sans
» me plaindre ; je serai patient et résigné pour l'amour de
» vous, et voilà mon camarade Joachim qui frémit de joie sur
» sa chaise : nous aurons cause gagnée ! »

M. Desgranges prenait alors l'enfant dans ses bras, l'élevait à plusieurs reprises jusqu'au plafond et le déposait en
riant sur les genoux de sa mère. Joachim passait ses petits
bras autour du cou de Madame Corsini, la couvrait de baisers,
lui faisait mille caresses..... Victoire ! victoire ! s'écriaient
nos deux complices !.... La bonne mère prenait rendez-vous
pour le dimanche suivant.

Et notre Joachim resté seul avec elle bondissait encore à
travers le jardin, poussant des cris joyeux. « Mère ! mère !
» disait-il, quelle bonne journée nous passerons à Vadans ;
» je m'amuse tant chez mon ami Desgranges ! Je serai bien
» sage ; je te le promets, tu verras. » Et pour preuve de sa
future sagesse, l'enfant jetait en l'air sa jolie casquette et son

livre d'images qu'il courait reprendre en sautant à cloche-pied dans les plates-bandes, froissant anémones, renoncules et tulipes, sans que sa mère eût le courage de le gronder.

Madame Corsini, comme on le sait, aimait peu à sortir ; elle allait rarement à la ville, même pour ses petites emplettes ; les jardinières du voisinage lui en évitaient volontiers la peine. Elle confiait quelquefois son Joachim à la plus prudente d'entre elles, comprenant bien que l'enfant avait besoin d'exercice et de distraction ; il n'avait du reste, semblait-il, aucun danger à courir. Cette honnête et brave femme était toute fière de la confiance qu'on lui accordait et partait gaiement, le conduisant par la main, répondant avec complaisance à ses mille questions et à son babil enfantin.

Elle avait elle-même des enfants de l'âge de Joachim ; ils formaient ensemble de bonnes parties de jeux ; tantôt chez Madame Corsini où ils s'habituaient à une honnête retenue, ce que la jardinière, dans son bon sens naturel, savait apprécier ; tantôt chez celle-ci, où Joachim se plaisait beaucoup. Là, comme chez lui, Monsieur faisait un peu le maître, un peu le tapageur, et de plus, il trouvait chaque fois une tasse de lait bien frais qu'il préférait aux friandises que leur offrait sa mère quand on se réunissait chez elle. Ces petites relations plaisaient beaucoup à Madame Corsini qui les permettait, qui les provoquait même, sans en concevoir aucune crainte.

Un matin, Joachim courait ainsi près de la maison de la jardinière. Tout-à-coup, au tournant d'une butte, il se trouva en présence d'un objet qui lui parut extraordinaire. De l'autre côté d'un buisson s'élevait une espèce de gros fantôme vert surmonté d'un énorme chapeau pointu qui, placé sans doute sur un chef trop mince, se balançait mollement au gré du zéphir.

Joachim s'arrêta un instant indécis, se demandant s'il devait fuir ou du moins aller chercher ses petits camarades pour s'avancer en troupe à la reconnaissance de cette singulière apparition. Mais bien que sa mère lui recommandât toujours d'être prudent, il se dit que le fils d'un capitaine devait être brave ; son parti fut pris aussitôt : « J'irai, murmura-t-il, » et je verrai ce que c'est. »

La bravoure n'exclut pas la précaution. Il se fit donc petit, bien petit, plus petit même qu'il n'était nécessaire, et s'avança silencieux, léger, retenant son haleine, vers le buisson si subitement et si fantasquement doublé d'inconnu. Arrivé tout près de son but, il essaya de découvrir, à travers les branches des arbustes, l'apparition de tout-à-l'heure. Plus rien ! Elles étaient trop chargées de feuilles pour qu'il pût voir au travers, et trop hautes pour qu'il regardât au-dessus. C'était comme un rideau qui lui dérobait son fantôme. D'ailleurs aucun bruit de l'autre côté du buisson !

Que faire? Retourner, sans savoir?... Il ne put s'y résoudre, et, quoique le cœur lui battît violemment, il décida qu'il tournerait l'obstacle et verrait l'objet, ne fût-ce qu'une minute et de côté.

Le voilà donc qui se remet à marcher, presque en rampant; un pas de plus, et, déjà, en allongeant la tête, il va pénétrer le mystère... Mais à l'endroit où finissait le buisson, la terre formait un creux : il pose imprudemment les pieds sur le bord. Surpris, éperdu, il tombe en poussant un grand cri. Aussitôt deux longs bras le saisissent et l'enlèvent... Rassurez-vous, cher lecteur. Pour cette fois Joachim n'a pas eu de mal et les mains qui l'ont saisi ne l'égorgeront pas; car on entend un bon gros baiser, bien tendre.

— Ne pleure pas, petit camarade, dit l'homme qui venait de soulever comme une plume le curieux.

Un peu étourdi de sa chûte, encore sous le coup de sa terreur, Joachim se rassure néanmoins, lève les yeux et voit un Monsieur qui lui sourit en le remettant avec précaution sur la terre solide, et lui dit :

— Je t'ai fait peur, mon garçon; mais tu m'as fait peur aussi. Nous voilà quittes.

— Monsieur, reprend Joachim, je vous demande bien pardon.

— De quoi? D'être tombé? Cela peut arriver à plus grands que toi. Mais que venais-tu faire par ici?

La conversation s'engage. Joachim avoue son désir curieux. Le Monsieur sourit encore et lui dit :

— Tiens, mon enfant, regarde. Ceci est mon bâton de voyage que j'ai planté en terre ; il est grand parce qu'il le faut comme cela, tu sais, quand on voyage dans les pays de montagne. A mon bâton, j'ai suspendu mon carrick, et j'ai un carrick parce que je marche souvent la nuit et que, la nuit, dans le Jura et dans les Alpes, il fait souvent bien froid. Enfin, ceci est mon chapeau de feutre. Il est haut, il est à grands bords, il est pointu, parce que je l'aime comme ça. Es-tu content? Sais-tu tout ce que tu voulais apprendre?

En écoutant, Joachim ne se lassait pas de regarder l'homme qui lui parlait et dont la mise, l'attitude, la barbe et les moustaches surtout lui causaient beaucoup d'étonnement ; s'il n'avait pas entendu de si douces et de si bonnes paroles, il aurait eu grand'peur. Car, il faut l'avouer, le personnage qu'il avait devant lui ne ressemblait pas à tout le monde.

C'était une espèce de colosse maigre dont les pieds logeaient dans de volumineux souliers ferrés. Ses grandes jambes flottaient dans un pantalon rouge-brique et sa veste, de couleur chocolat, garnie de larges boutons, avait, même à

l'extérieur, une multitude incroyable de poches où l'on apercevait des quantités d'objets : dans l'une était un morceau de
pain bis ; dans l'autre, une pipe extravagante ; dans la troisième, la bouteille recouverte d'osier si chère aux voyageurs
qui grimpent dans les montagnes ou aux chasseurs, et dans
laquelle on porte un peu de vin ou d'eau-de-vie commune.
Cette veste, d'une coupe bizarre, l'était beaucoup moins que
les systèmes chevelu et barbu, parfaitement roux, de l'ano-
nyme : ses cheveux, par leur longueur, eussent fait envie à
Mérovée ou à Clodion ; sa barbe descendait en pointe, et ses
moustaches s'en allaient loin, bien loin des coins de sa bouche,
comme de longues antennes. Il aurait eu l'air terrible, s'il
n'avait eu l'air si bon.

Mais pourquoi ne pas le dire tout de suite? Ce n'était ni
plus ni moins qu'un de nos grands artistes de ce temps-là,
original s'il en fût, renommé, redouté, peut-être, pour ses
saillies piquantes, cher à ses amis ; au demeurant, malgré
quelques travers, le meilleur homme du monde. Il voyageait
pour la seconde ou la troisième fois dans nos provinces de
l'Est, s'inspirant des grandes scènes de la nature, et s'arrêtant
un peu partout pour fixer sur son album des souvenirs et des
impressions. Il s'était assis et dessinait lorsque la brusque
catastrophe de Joachim était venue l'enlever à son travail.
Laissant-là papier et crayons, il avait couru d'un bond vers

l'enfant, l'avait paternellement relevé, puis s'amusait maintenant à le faire causer.

Joachim, tout-à-fait rendu à lui-même, jetait des regards de côté vers l'album que l'artiste venait de ramasser sur l'herbe et montrait bien, sans le dire, qu'il mourait d'envie de voir ce qu'il y avait dans ce grand livre.

Le peintre s'en apercevant lui présenta l'un après l'autre les chefs-d'œuvre improvisés de cette charmante galerie portative.

Quoique bien jeune, l'enfant admirait. Tout d'un coup il s'écria :

— Monsieur, je suis bien content d'être avec vous, et ces images que vous me faites voir sont bien jolies ; mais je crains que mes petits camarades ne me cherchent et n'aillent dire à maman qu'ils ne savent ce que je suis devenu.

— Et elle serait inquiète, ta maman ?

— Oh ! oui, Monsieur ; elle m'aime tant !

— Tu ne voudrais pas qu'elle eût du chagrin à cause de toi ?

— Bien sûr. C'est bien assez qu'elle en ait autant à cause de mon papa.

— Ton papa lui fait de la peine, à ta mère ?

— Il lui en fait depuis qu'il est mort ; maman pleure à cause de lui, bien des fois.

— Ah ! et qu'est-ce qu'il faisait ton papa ?

— Il était capitaine.

— Et on l'appelait ?

— M. Corsini.

— Et toi, comment te nommes-tu ?

— Joachim.

— Eh bien, mon petit Joachim, tiens-toi là, debout, à quatre pas devant moi, et attends cinq minutes pendant lesquelles je dessinerai un bonhomme dont tu feras cadeau de ma part à ta chère maman.

Et l'artiste, détachant la plus belle page de son album, y esquissa, d'une main rapide et sûre, les traits charmants du petit Joachim. Après quoi, il écrivit au-dessous de ce dessin admirablement fait et d'une prodigieuse ressemblance, les mots que voici :

« A son petit ami Joachim, et pour l'excuser auprès de
» sa mère d'avoir tardé de quelques minutes à revenir près
» d'elle.   Ch... »

L'enfant remercia et partit.

Le nom était celui d'un homme déjà illustre ; l'œuvre était exquise et de grand prix.

Lorsque Joachim, tout courant, arriva près de sa mère et lui raconta l'histoire de sa rencontre, la bonne mère tressaillit de joie.

Elle envoya aussitôt chez M. Desgranges pour le prier de se mettre à la recherche de l'artiste et inviter celui-ci à venir au moins accepter une collation.

M. Desgranges chercha vainement de côté et d'autre. Ch... avait transporté ailleurs sa maigre charpente, son carrick et ses crayons. On ne put apercevoir nulle part son étonnant chapeau pyramidal.

La fameuse esquisse fut soigneusement enfermée jusqu'au jour où l'on pourrait lui donner un cadre digne d'elle.

CHAPITRE VI

Une autre image donnée pour rien, mais qui pourrait coûter cher par la suite. — On a vu de malhonnêtes gens pourvus d'un passeport irréprochable.

ES petits arrangements qu'elle avait pris pour assurer les plaisirs de Joachim convenaient beaucoup aux goûts casaniers de Madame Corsini, favorisés encore par la présence, depuis quelques mois, dans ces cantons, d'un colporteur qui ne manquait jamais, lorsqu'il faisait sa tournée, de venir lui offrir ses menues marchandises. Il lui rapportait même, au voyage suivant, les choses qui ne s'étaient pas trouvées dans sa balle. Il était si complaisant que jamais il n'oubliait une commande. Tout ce qu'il lui vendait était toujours de bon goût, de première qualité et à des prix relativement beaucoup moindres que ceux des marchands de la ville.

Joseph, c'est le nom que se donnait le colporteur, ne manquait jamais non plus d'offrir au jeune Monsieur (*signorino*), comme il disait, et par dessus le marché, quelque feuille d'imagerie enluminée. Cela représentait des cavaliers en grande tenue, l'histoire intéressante du *Petit Poucet*, le *Juif errant* et tant d'autres merveilles qui ont fait nos délices quand nous étions à l'âge du jeune Joachim.

Aussi, du plus loin qu'il l'apercevait, l'enfant courait au-devant du colporteur ; il le prenait par la main, le forçait à presser le pas, l'entraînait dans la maison, ouvrant devant lui toutes les portes et appelant sa mère à grands cris. « Mère ! » mère ! voici Joseph ! comme il a chaud ! comme il est » chargé ! » Pendant que Joseph étalait avec soin toute sa pacotille, l'enfant ne le quittait pas des yeux ; il attendait avec impatience de voir dérouler son cadeau habituel. Aussi, à chaque nouvel objet qui sortait de la balle, il pressait sa mère d'acheter, et le rusé marchand exposait tout sans se hâter ; il comptait sur l'influence de son jeune auxiliaire pour une vente plus importante et plus avantageuse.

Le moment venu, prenant un air mystérieux, avec un sourire de côté adressé à Joachim, il plongeait la main au plus profond de sa balle d'où il retirait lentement, les yeux toujours fixés sur ceux de l'enfant, pour exciter davantage son désir impatient et sa curiosité, un joli rouleau retenu par un

fil de couleur et le lui offrait avec les politesses les plus obsé-
quieuses et les plus capables de faire valoir son présent.

Le dernier qu'il lui offrit, ce fut l'histoire de l'enfant prodigue, le récit de ses désobéissances à la volonté paternelle,
de sa fuite, de ses désordres et des malheurs qui en furent la
punition inévitable. L'artiste avait représenté le coupable
garçon bravant la malédiction de son père ; puis entouré de
ses prétendus amis, êtres immoraux, — comme la jeunesse
est exposée à en rencontrer à chaque pas, — le poussant à
la débauche, à la ruine et le quittant après l'avoir plongé dans
la plus honteuse misère. On voyait ce malheureux, la tête
penchée sur la poitrine, accablé de remords, réduit à garder
un troupeau d'animaux immondes. Ce n'était plus ce brillant
jeune homme à l'air superbe, toujours prêt à braver les lois
de l'honnêteté et de la morale, se drapant dans ses vêtements
somptueux dont il semblait tirer une misérable vanité, triste
sujet de réflexions pour les gens sages qui le voyaient courir
au déshonneur, tout en dilapidant sa fortune.

Enfin, touché de la main de Dieu, il sentait le repentir
pénétrer dans son âme ; sa conscience, reprenant ses droits,
lui retraçait sans ménagements toute sa vie passée ; il en remontait le cours en retrouvant la chaîne honteuse de ses
fautes. Tout-à-coup son cœur se serrait au souvenir de la
malédiction de son père ; il allait se livrer au désespoir !...

Pourtant le courage lui revient, non plus celui de l'orgueil, mais celui des aveux pleins de soumission... L'enfant prodigue est sauvé ! Se sentant affermi dans sa résolution d'expier toutes ses fautes, il osera se jeter aux pieds de son père. Dans un dernier tableau, en effet, on le voyait maigre, décharné, couvert de haillons sordides, versant d'abondantes larmes ; il allait se jeter aux pieds de son père... Mais celui-ci l'avait reçu dans ses bras et lui accordait son pardon... Puis, arrivaient les parents et les amis appelés à fêter, dans un repas de famille, le retour de l'enfant repentant et rentré en grâce.

Joachim, à peine en possession de sa belle feuille d'image, s'était retiré dans un coin de la salle à manger ; il admirait dans chaque compartiment les riches costumes, les vives couleurs ; tranquille désormais, en attendant que sa mère eût achevé ses emplettes et lui expliquât la légende.

Madame Corsini, gagnée par les petites attentions de Joseph pour son fils, lui accordait une sorte de confiance ; elle était sa meilleure pratique. Cependant une personne, moins prévenue ou meilleure physionomiste, aurait été tentée de se tenir sur ses gardes : les yeux du marchand, d'un noir sombre, enfoncés dans leurs orbites, lançant parfois des éclairs bientôt amortis sous d'épaisses paupières, un nez effilé, les pommettes et les os maxillaires très-prononcés, les lèvres minces, une chevelure rude, descendant trop bas sur un front déprimé

et fuyant en arrière étaient des indices suffisants pour ne pas
se fier sans réserve à ses paroles mielleuses et à son humble
politesse. Qui était donc cet homme que Madame Corsini recevait avec une bienveillance mêlée parfois de craintes qu'elle
ne concevait pas elle-même et qui ressemblaient à un pressentiment?

Joseph qui, depuis peu, parcourait le pays, était aux yeux
de tous un simple colporteur, gagnant péniblement, honnêtement, sa vie, bien venu partout, recevant dans les fermes
isolées, même dans les étables chez les pauvres paysans, le gîte
et parfois sa part du repas du soir qu'il payait par de légers cadeaux aux enfants de la maison. Partout on lui faisait accueil :
il se montrait si humble et si reconnaissant ! D'où venait-il ?
C'est une question qu'on ne se fait guère sur cette classe de
gens; ses absences et ses retours périodiques paraissaient
annoncer une vie régulière, un travail soutenu qui ne pouvait
préoccuper personne. Parce qu'il était étranger et s'exprimait
assez difficilement, fallait-il le prendre pour un suspect?

Les gendarmes et les gardes champêtres, curieux par état,
les premiers surtout, envers les voyageurs de cette sorte
qu'ils rencontrent sur les routes, et passablement disposés à
s'enquérir de leur naissance, de leur probité, de l'origine de
leurs marchandises, avaient plusieurs fois, dans les commen-
cements, retardé sa marche. Ses papiers avaient toujours été

4

trouvés irréprochables : on les voyait revêtus des cachets, visas et signatures exigés par la loi ; aucune plainte ne s'était élevée contre lui. En conséquence, il passait et circulait librement. Les autorités lui auraient, même au besoin, accordé aide et protection.

Quoique son regard et l'ensemble de sa physionomie fussent loin de prévenir en sa faveur, c'était réellement, pour les plus soupçonneux, *Giuseppe Gastaldi*, colporteur, né à *Biella*, arrondissement d'*Ivrea ;* son passeport le disait : il fallait bien y croire !

CHAPITRE VII

Une journée de plaisir chez M. Desgranges. — Curiosité et confiance
dangereuses. — Joachim perdu. — On le retrouve ; mais en quelle
compagnie !

E jour était venu de répondre à l'invitation de
M. Desgranges ; Joachim avait appris, grâce aux ex-
plications données par sa mère, la légende de l'Enfant
prodigue : il la savait par cœur. Il se faisait une fête de la
raconter à « son ami Desgranges », comme il l'appelait, lequel,
dans sa pensée, ne pouvait manquer d'être heureux de l'apprendre à son tour et d'en faire part à d'autres.

On fut prêt de bonne heure ; Joachim, cette fois, subit
avec une docilité parfaite les préparatifs de sa toilette, comprenant bien que sa pétulance habituelle ne ferait que retarder
le départ. Aussitôt on se mit en route pour éviter la chaleur
du jour. Le temps était magnifique ; l'air s'embaumait du

parfum des fleurs rafraîchies par la rosée du matin ; à peine
les plus hautes branches des arbres du chemin tremblaient-
elles sous un souffle léger ; tout, dans la nature, était calme
et paisible ; la mère et l'enfant avançaient sans se hâter pour
jouir mieux du spectacle splendide qui se déroulait à leurs
yeux et du bien-être dont ils se sentaient enveloppés de
toutes parts : ils étaient si confiants dans les promesses de la
belle et bonne journée qui s'ouvrait devant eux !

Tout-à-coup le jeune Joachim quitte la main de sa mère en
poussant des cris de joie et se met à courir à toutes jambes :
il avait aperçu de loin M. Desgranges qui venait au-devant
de ses invités. Impatient qu'il était de les bien recevoir, l'aimable vieillard avait fait la moitié du chemin. Il reçut dans
ses bras l'enfant tout haletant de sa course précipitée et l'embrassa de tout son cœur. Ils eurent bientôt rejoint Madame
Corsini toujours plus reconnaissante de l'accueil bienveillant
de ses amis. La physionomie ouverte de M. Desgranges, sa
bonhomie, la sûreté de son caractère, sa loyauté à toute
épreuve, la rectitude de son jugement avaient produit sur
Madame Corsini leur effet accoutumé ; elle mettait en lui une
confiance absolue : elle l'aimait et le respectait, bien assurée
de l'avoir, selon les circonstances, pour protecteur dévoué.
Elle ne se reposait pas moins dans l'amitié de Mme Desgranges,
personne d'un vrai mérite, douce, cordiale, dont le bon sens

se manifestait en toutes choses et en toute occasion. Mme Desgranges disait toujours sa pensée simplement, franchement ;
avec elle, nul détour n'était nécessaire. Son esprit d'ordre,
sa prudence, sa tenue pleine de réserve, son caractère sympathique avaient bien vite attiré Madame Corsini digne en
effet d'apprécier ses heureuses qualités. Leur sympathie mutuelle, fondée sur l'estime, était et devait être inaltérable ;
elles étaient heureuses de se voir et se le disaient avec abandon. Témoin de leur plaisir à se trouver réunies, M. Desgranges était heureux, lui aussi, ces jours-là. Plus un homme
sage a vu le monde, plus il connaît le prix des intimités où
la concorde et l'estime mutuelle achèvent ce que le voisinage
a commencé.

La journée fut ce qu'elle était toujours quand nos amis se
trouvaient en petit comité : les deux dames se plaisaient trop
l'une avec l'autre pour se séparer un instant. Joachim avait
trouvé moyen de conter, à sa manière, sa fameuse légende,
à laquelle son vieil ami avait fait semblant de trouver un
immense intérêt de nouveauté. En avait-il fait semblant ?
Passant par une bouche enfantine, quel récit, même ancien
comme le monde, ne se rajeunit par l'émotion et le sincère
enthousiasme du petit conteur ?

Puis on s'était longuement promené dans le magnifique
jardin de M. Desgranges, amateur passionné, et, comme cela

est naturel, fier de montrer ses acquisitions récentes ou le
résultat de ses semis de l'année, tout en surveillant, du coin
de l'œil, les gambades de l'enfant auquel il était toujours prêt
à tout permettre, à tout pardonner, excepté lorsqu'il s'agissait de ses arbustes ou de ses fleurs.

Joachim, ce jour-là, avait été d'une retenue et d'une réserve
exemplaires. Tout s'était passé à ravir; le repas avait été
charmant, pas le moindre incident n'était venu en troubler
la bonne harmonie habituelle; le moment approchait où l'on
devait se séparer. M. Desgranges et sa femme allaient recon-
duire leurs hôtes pour jouir plus longtemps de leur société,
et, en même temps, leur faire escorte pendant le reste de leur
excursion, bien qu'un enfant même et une femme n'aient
ordinairement rien à craindre sur une grande route de France.

On appelle Joachim. Il ne répond pas. On parcourt le jardin, l'intérieur de la maison; on ne le trouve nulle part. On
appelle de nouveau. Point de résultat! Madame Corsini com-
mence à devenir inquiète. M. Desgranges, qui n'est pas lui-
même sans anxiété, s'efforce de parler avec calme. « Il n'y a
pas, dit-il, un seul point dans sa propriété où un enfant, même
le plus étourdi, puisse courir le moindre risque. » Cependant
il s'agite, reprend ses recherches; il espère encore qu'il ne
s'agit que d'une espièglerie de Joachim. Il sort de son domaine,
décidé à en faire tout le tour s'il le faut. Les dames se déso-

lent ; jamais l'enfant ne s'est, pendant ses promenades, écarté de sa mère ; elle est plus morte que vive.

Enfin M. Desgranges l'aperçoit déjà un peu loin, prêt à s'engager dans un sentier qui conduit dans la campagne... Un homme est avec lui !... « Vite ! Vite ! crie-t-il en courant » aux dames devant lesquelles il passe rapidement, vite à la » grille latérale... il est là !... » Il ouvre vivement la grille, saisit par le bras Joachim qui passait le dernier.

— Où vas-tu ? lui dit-il tout haletant...

— Avec Joseph... Il a sa balle ici tout près : il va me donner un beau livre.

Cependant notre homme feignait de ne rien entendre et avançait sans se presser... Sur l'appel réitéré de M. Desgranges, il se retourne enfin, pâlit affreusement, lance un regard hideux de haine et de menace et prend la fuite... C'était son ancien voleur de Turin... C'était Ozelli !

Les dames arrivaient en ce moment ; toutes deux le reconnurent.

Madame Corsini, sans comprendre encore, devinait instinctivement qu'il y avait eu danger pour son fils qu'elle pressait dans ses bras ; elle l'enveloppait dans son amour, prête à le protéger et à le défendre. Madame Desgranges, à la vue de ce misérable dont elle connaissait les antécédents, tremblait pour son mari. Quant à M. Desgranges stupéfait d'abord de cette rencontre, son premier mouvement fut de le poursuivre pour l'arrêter et le livrer aux mains de la justice. Ozelli était trop agile pour se laisser atteindre ainsi : déjà il était hors de vue et n'avait probablement pas tardé à gagner les grands bois et les forêts du voisinage. Joachim, lui, sentait bien qu'il avait commis une faute ; il en demandait sincèrement pardon à sa mère, à M. et Mme Desgranges ; mais il ne comprenait pas la cause de tant d'émotions.

— Partons, dit tout-à-coup M. Desgranges revenant en hâte vers la grille, partons ; il n'y a pas un instant à perdre. Regardez ! il n'était pas seul !

En effet, on put voir un autre homme qui traversait un champ avec assez de précipitation et paraissait s'engager sur les traces d'Ozelli.

— Tiens, dit Joachim, je le connais aussi, ce Monsieur : c'est lui qui m'a dessiné mon portrait.

CHAPITRE VIII

Raisonnements et conjectures sur le fait du fugitif et de l'*autre*. — L'*autre* se donne à connaître par une lettre à Joachim.

UNE heure après, M. Desgranges était devant l'autorité judiciaire et faisait sa déposition.

Il raconta tout ce qui s'était passé et ne manqua pas de dire qu'il avait parfaitement reconnu Ozelli, comme celui-ci l'avait reconnu. Mais un point qu'il ne pouvait pas éclaircir et qui ne causa pas moins de surprise au juge lui-même, ce fut sa déclaration au sujet du second personnage. Était-ce bien l'artiste qui avait fait à Joachim un présent si merveilleux ! Ou l'enfant s'était trompé, et alors, comment se faisait-il que personne n'eût jamais remarqué que le colporteur eût un acolyte ? Ou si l'enfant devait être cru, comment supposer qu'un

homme honorable, estimé universellement, connu pour son
talent hors ligne, se fût fait le compagnon d'un gredin?

En pareil cas, la justice écoute tout, prend ses notes, et,
comme elle est patiente, finit par savoir le fond des mystères.
Mais il avait fallu quelque temps pour que M. Desgranges
allât trouver le juge et l'instruisît des faits ; avant que les gendarmes se missent en campagne, la nuit était venue tout-à-
fait ; Ozelli avait gagné du terrain ; on perdit sa trace, et
l'homme qui l'avait suivi ne fut pas non plus retrouvé.

Bientôt l'importance que l'on avait attachée d'abord à la
présence du second individu sur la scène de l'aventure, s'ef-
faça des esprits et l'on s'attacha à n'y voir qu'une coïncidence,
inexplicable sans doute, mais tout-à-fait secondaire. Bien que
l'homme au carrick eût étonné quelques personnes par sa
mise et ses promenades solitaires dans le pays, on avait eu,
en divers endroits, la preuve de sa bonté. D'ailleurs des renseignements précis venus de Salins annoncèrent que la veille,
dans cette ville, il avait passé plusieurs heures avec un de
ses amis qu'il avait quitté en annonçant son intention de retourner à Arbois pour vérifier le sujet d'une de ses esquisses,
et de là, gagner, à travers forêts et montagnes, la frontière
de la Suisse.

L'attention se trouvait donc ramenée sur le colporteur seul
et chacun en discourait à sa manière. Plusieurs doutaient

qu'il eût eu de mauvaises intentions. Jamais, disaient-ils, personne n'avait eu à se plaindre du colporteur Joseph. Avait-il donc une intention coupable envers le jeune Corsini en l'emmenant avec lui? Il lui avait promis un livre! On en a trouvé un dans sa balle quand on l'avait ramassée à l'endroit dont il avait parlé à l'enfant, non loin de la demeure de M. Desgranges. Il ne la portait pas ce jour-là : c'était un dimanche! Quant à M. Desgranges, il avait certainement reconnu un ancien voleur; puisqu'il le disait, personne n'en pouvait douter. Évidemment le colporteur qui l'avait volé avait dû subir sa peine dans son pays... Il avait fui et abandonné son petit bagage... Il était porteur d'un faux passeport. C'étaient certes de fâcheuses présomptions contre lui; mais de là à une tentative de rapt, comme l'en accusait M. Desgranges, il y avait bien loin! Il existait, à la vérité, un procès entre Madame Corsini et son beau-frère : ce procès était pendant, traînait en longueur; mais où donc les procès ne sont-ils pas conduits ainsi?

On savait en outre que, depuis peu, les gens de loi avaient annoncé à leur cliente qu'ils s'occupaient d'un projet de transaction, ce qu'elle avait accepté, suivant en cela l'avis de M. Desgranges.

Chacun, dans la petite ville, avait évoqué ses souvenirs à l'égard de Joseph, et on n'en manque jamais en province, tant

on est attentif à ce qui se passe autour de soi. Il s'était bien
commis quelques vols dans les environs : mais les soupçons
s'étaient portés sur d'autres, et les soupçons, comme on le
sait, sont tenaces par leur nature. Or, ces souvenirs incer-
tains, ces soupçons aussi vagues aident le plus souvent les
agents inférieurs de la justice à se fourvoyer dans leurs recherches ; c'est ce qui arriva.

On se souvenait encore qu'un Monsieur qu'on avait jugé être
Italien, d'après son accent et sa physionomie, avait logé quelques jours à la *Pomme d'Or* ; qu'il avait parcouru seul tous
les environs, sans avoir demandé l'adresse de personne, sans
être entré nulle part. Une fois seulement, on l'avait vu arrêté
sur la route de Poligny avec le colporteur dont la balle était
restée longtemps ouverte devant le Monsieur, sans qu'il eût
rien acheté. Une autre fois Joseph était venu se présenter à
l'hôtel ; l'étranger l'avait fait monter dans sa chambre ; ils y
avaient passé une grande heure et Joseph, en s'en allant, paraissait content de sa vente. Le Monsieur avait fait emballer
ses emplettes et était parti quelques heures après. Les bons
habitants d'Arbois en avaient été pour leurs frais d'imagination
et de curiosité, et l'on retombait toujours au même point.
M. Desgranges avait débarrassé le pays d'un ancien voleur :
il avait rendu un grand service et chacun devait lui en savoir
gré ; après quoi il ne restait absolument rien.

Aussi toutes les rumeurs tombèrent-elles peu à peu, et cet événement allait être oublié comme tant d'autres, lorsque la curiosité fut un instant ranimée par la nouvelle suivante.

Quinze ou dix-huit jours après l'événement, le directeur de la poste, en ouvrant le courrier de Suisse, y trouva une lettre portant cette adresse :

Monsieur

Monsieur Joachim Corsini

Chez Madame sa maman

ARBOIS (Jura).

Il n'est pas ordinaire qu'un petit garçon reçoive des lettres par la poste. Aussi Madame Corsini ne voulut-elle pas ouvrir elle-même ce pli suspect. Elle pria M. et Mme Desgranges de rompre pour elle le cachet, ce qui eut lieu. M. Desgranges ayant donc décacheté la lettre y lut les lignes suivantes :

« Petit Joachim, une autre fois ne va pas suivre, comme tu
» l'as fait, le premier étranger venu, qui t'offrira toute sorte
» de belles choses pour t'emmener loin de ta maman. Le de-
» voir d'un jeune garçon est de commencer par consulter en
» tout sa chère mère.

» Quant au méchant colporteur, tu n'as rien à craindre de
» lui à Arbois où il est maintenant trop connu pour qu'il
» risque d'y retourner. Je crois d'ailleurs qu'il a eu à se re-
» pentir d'avoir voulu te faire du mal ; car il le voulait puis-

» qu'il t'enlevait à ta respectable maman qui fera peut-être
» bien de lui pardonner. Cependant si elle voulait avoir l'a-
» dresse du méchant homme, tu lui diras qu'elle peut me la
» faire demander par le bon Monsieur qui t'a sauvé.

» Adieu, petit Joachim, quand tu seras grand, si tu es
» sage dans ce temps-là, je dessinerai peut-être encore ta
» ressemblance. — Ch...... »

Cette lettre indiquait assez que Joachim avait bien vu en
disant qu'il voyait le peintre. En laissant subsister beaucoup
d'énigmes, elle faisait voir qu'il serait possible, quand on
voudrait, d'avoir à peu près la clef de tout. Ne suffirait-il pas
d'écrire à Ch..... ? Le ton presque enjoué du correspondant
de Joachim ne laissait subsister, pour l'avenir, presque aucune
crainte du côté du colporteur. Madame Corsini cessa donc de
se tourmenter et n'eut plus peur, à chaque instant, qu'on ne
lui ravît son fils.

D'ailleurs, une négociation des plus graves vint réclamer
toute son attention et celle de M. Desgranges. Le souvenir
importun du ravisseur fit place à de brillants mirages d'avenir
pour Joachim.

———

Passage du St Bernard.

CHAPITRE IX

Les émotions et disgrâces d'un voyageur suivi par une ombre
impitoyable.

'IL y a bien des manières de voyager désagréable-
ment ; des témoignages très-véridiques nous assurent
que la pire de toutes, c'est de courir les chemins avec
le poids d'une mauvaise conscience, et la crainte des gendarmes. Ozelli, tremblant à chaque pas de se voir arrêté,
traversa une partie de la Suisse sans y trouver un seul
moment de libre pour admirer la belle nature.

Ce qui contribuait à lui rendre la marche plus pénible,
c'est que sa peur avait pris un corps.

A peine s'était-il, en courant, mis hors de la vue de M. Desgranges, qu'il s'arrêta dans un petit bois pour reprendre
haleine ; mais il lui sembla qu'une forme humaine commen-

çait à se mouvoir, à peu de distance de lui, dans le fourré.

Sans chercher à se rendre compte de ce que pouvait être la personne qui semblait s'avancer avec précaution pour le rejoindre ou du moins pour l'observer, il se hâta de passer du petit bois dans un plus grand. Comme il entendait toujours derrière lui un cliquetis régulier des feuilles et des branches que quelqu'un déplaçait en marchant, il continua d'avancer aussi vite que le lui permettait l'obscurité déjà naissante de la nuit.

Mais en vain il cheminait ; les mêmes frémissements se faisaient toujours entendre à son oreille. C'était comme si, fendant l'eau d'un lac, une embarcation avait été suivie d'une autre dans le même sillage.

Inquiet, mais espérant lasser à la fin son étrange compagnon, le faux colporteur sortit de la forêt d'Arbois pour entrer dans la forêt de Poligny.

La lune qui s'était levée commençait à lui rendre possible de voir, en se retournant, qui donc s'attachait ainsi à l'escorter. Mais se retourner ! Il n'osait.

Cependant, une fois, rassemblant tout son courage, il ralentit le pas, bien résolu à s'arrêter ensuite brusquement, à se tourner sur lui-même et à voir.

Ce qu'il méditait, il le fit. Mais, en ce moment, la lune lança sur lui ses rayons blafards, tandis que son *page*, s'arrêtant aussi, demeurait caché dans l'ombre projetée par de grands arbres.

Ozelli, habitué aux courses nocturnes, plongea du regard au milieu de cette ombre et ne douta plus qu'il y avait là quelqu'un immobile, attentif.

Dans bien des rencontres, le brigand avait déployé une grande audace. A présent il se sentait frissonner... Que faire? Crier pour essayer d'épouvanter l'ennemi? C'était imprudent; car si l'endroit paraissait désert, cependant il pouvait y avoir près de là des huttes de bûcherons ou de chaufourniers. Au bruit, on viendrait peut-être et sa perte serait certaine.

Enfin décidé à se défaire de son observateur, il tira un long couteau dont la lame jeta un éclair, puis il vint tout droit vers le massif d'arbres.

Au moment où il allait y entrer, une voix forte, calme, timbrée comme celle d'un capitaine à la parade, retentit dans l'obscurité :

— Halte ! dit la voix, et aussitôt deux petits coups secs retentirent comme ceux de ressorts de pistolets qu'on arme.

Ozelli s'arrêta, le front baigné de sueur. Il avait compris que s'il faisait un pas, il était mort.

— Que voulez-vous de moi? murmura-t-il.

— Retourne et continue ton chemin.

Telle fut la seule réponse. Après un instant d'hésitation,

il obéit, et la même manœuvre qu'auparavant continua.

C'est ainsi qu'il marcha jusqu'à la pointe du jour. Il était en ce moment aux abords de Champagnol.

Son idée était qu'*on* allait-là demander main-forte pour le saisir pendant qu'il traverserait la petite ville ; mais tout y dormait encore. O surprise ! l'opiniâtre marcheur avait cessé d'être à sa suite. Du moins il n'entendait plus personne derrière lui.

Le cœur alègre, il se jeta dans un petit chemin escarpé qui serpentait au pied de sapins séculaires, évita de passer devant les forges de Sirod et s'arrêta en face d'une jolie cascade, dans un petit vallon terminé par un rocher à pic.

S'il s'arrêtait, ce n'était pas, comme bien on le pense, pour admirer la beauté sauvage du réduit ; mais il chercha derrière les rochers une place où il pût prendre un peu de repos : il avait fait plus de quarante kilomètres pendant la nuit.

Lorsqu'il se leva, il entendit positivement sur l'escarpement du rocher, au-dessus de sa tête, qu'un homme se levait aussi et faisait quelques pas. Reprenant néanmoins sa marche, il vint côtoyer le village de Syam, puis un second village, les Planches, et décrivit habilement mille zigzags pour esquiver la rencontre des douaniers et des gendarmes. Mais au moment où il se réjouissait d'avoir tourné tel ou tel poste des frontières, il sentait comme un frisson lui courir sur les épaules. On eût dit (et l'on aurait rencontré juste) que quelqu'un, sans beaucoup de fatigue, l'escortait encore de loin. Ce sentiment confus d'être épié à distance lui resta même après qu'il eût franchi la frontière, non loin de Morez, la ville la plus industrieuse du haut Jura français. Toujours il portait obliquement ses regards autour de lui ; ses pieds traînaient sans bruit sur la poussière du chemin, avec cette allure hésitante, incertaine, particulière aux gens qui ont longtemps été détenus dans les prisons. Il avançait cependant et gagna la petite ville de Morges, sur les bords du lac de Genève ; ensuite Lausanne. Insensible aux beautés des riches campagnes, à l'aspect riant et paisible des délicieuses villas, gracieuse et fraîche décoration de la rive septentrionale du lac Vaudois, il ne fut pas même tenté de s'arrêter sur la belle esplanade qui s'élève à l'entrée de Lausanne la savante et de contempler le panorama splendide qu'aucun voyageur ne regarde sans admiration.

Que lui importaient, à lui, ces eaux si bleues et si transparentes, ce ciel si pur, ces hautes montagnes qui portent jusqu'au-dessus des nuages leur tête chargée de neige ? L'air calme, le bonheur paisible qui règnent autour de la demeure des habitants de ces contrées, l'importunaient plutôt ; la grandeur des œuvres de Dieu l'irritait et l'écrasait. De même, le triste oiseau de nuit que la lumière offense, ne peut vivre que dans l'isolement et les ténèbres.

Ozelli traversa encore Vevey, Clarens situé en face des rochers de Meilleraie si célèbres par la description qu'en a faite Jean-Jacques Rousseau ; il atteignit Villeneuve à l'extrémité orientale du lac auquel les eaux rapides du Rhône viennent se mêler pour en sortir à Genève, après un parcours de quatre-vingt-quatre kilomètres.

Plus loin, il gagna Martigny d'où partent, à droite, les sentiers montueux et escarpés qui conduisent péniblement les touristes à la vallée de Chamouny et au Mont-Blanc, par les cols de Balme ou de la Tête-Noire ; à gauche, se montre la magnifique route du Simplon tracée en ligne droite d'abord, comme un cordeau, pendant l'espace de cinq lieues, jusqu'à Riddes dont on aperçoit les premières maisons.

Ozelli, au sortir de Martigny, prit le troisième chemin qui conduit par Orsières et Saint-Pierre, à l'hospice du grand Saint-Bernard, où, grâce à la généreuse hospitalité des frères de l'Ordre de Saint-Augustin, il put reprendre ses forces épuisées par la promptitude de sa fuite, les privations qu'il avait dû s'imposer et les agitations de toutes sortes dont il avait été assailli à tout instant. Enfin il se trouva près de Verceil.

Il allait entrer dans une petite rue d'un bourg et voyait déjà la maison où demeurait un certain Gastaldi, son beau-

frère, lorsque deux mains vigoureuses s'abattirent pesam-
ment sur ses poignets. Il essaya de se soustraire à cette
brusque étreinte, mais en vain.

— Qui êtes-vous? que me voulez-vous? demanda-t-il
alors avec une espèce de râlement.

— Qui je suis? un Monsieur d'Arbois.

— Ah! fit le brigand avec terreur; non qu'il craignît
énormément alors de tomber aux mains des juges; mais il
avait deviné que l'invisible de la forêt de Poligny se révélait
maintenant et à découvert; sous la terrible pression d'un plus
fort que lui, le misérable tremblait.

— Je vous reconnais, ajouta-t-il, deux fois je vous ai vu
ces jours derniers. La première à Lausanne; la seconde au
mont Saint-Bernard.

— C'est entièrement vrai. Je t'ai suivi partout, mon gail-
lard, et tu marches assez bien. Mais j'ai de meilleures jambes
que toi.

— Enfin, que me voulez-vous? Si j'appelle, on m'entendra.
Voyez, à trois pas demeure mon beau-frère qui a les mains
libres, lui, et ne se sert pas mal du couteau; prenez-y garde.

— Je me moque de ton beau-frère comme de toi. Ne crie
pas, et réponds-moi. Je ne veux que trois paroles : dis-moi
ton nom de baptême, ton nom de famille, ton lieu de résidence.
A ce prix, je te laisse; mais ne songe pas à mentir.

— Pourquoi me demandez-vous cela? dit le brigand qui semblait réfléchir.

— Ce n'est pas à toi de m'interroger. Réponds, et fidèlement. Un mensonge ne te servirait à rien et je te le ferais payer cher.

L'homme leva les yeux et rencontra ceux du personnage qui continuait à le tenir en respect; je ne sais ce qu'il y lut; mais aussitôt il répondit très-simplement : « Giorgio Ozelli, de Lombriasco. »

— C'est bien. Maintenant, je vais te laisser libre; mais si tu fais ensuite un geste, une menace, je te tue.

— Lâchez mes mains et je m'en vais.

Il s'en alla en effet; et voilà comment notre ami Ch... put écrire au petit Joachim le vrai nom du prétendu colporteur.

L'original et bon Ch... venait de quitter Arbois pour se diriger lui-même vers la Suisse et l'Italie, quand le hasard lui avait permis de voir le fils de Madame Corsini emmené par le colporteur. A distance, il les avait observés, sans savoir d'abord que l'enfant eût un danger à courir. Mais ensuite il s'était douté de quelque dessein criminel et avait résolu d'y mettre obstacle. L'arrivée de M. Desgranges avait rendu son intervention inutile; puis, moitié fantaisie, moitié prévoyance pour Joachim, il avait voulu se rendre compte de ce que deviendrait le coupable. Entraîné peu à peu sur ses pas, il s'était piqué au jeu et avait continué jusqu'à Verceil cette bizarre poursuite.

Maintenant qu'il savait le nom et la résidence du brigand, dont il vérifia, du reste, la déclaration, en s'informant à Verceil même, il était tranquille et satisfait.

Le lendemain, après avoir écrit à Joachim, il partait pour Turin.

CHAPITRE X

Sans doute on a deviné que la tentative faite pour enlever Joachim devait être le résultat d'une machination dont Ozelli n'était que l'instrument.

M. Julio Corsini avait tout dirigé. Quand il sut que l'entreprise était manquée, il ne se découragea point et commanda au bandit d'attendre ses ordres à Verceil. Provisoirement il lui fit passer une assez forte somme pour le bien convaincre qu'à son service, on n'avait pas à craindre de l'ingratitude, même quand on n'avait pas réussi à exécuter ses plans. Il suffisait d'avoir montré du zèle et de l'intelligence. Or, Ozelli avait joué son rôle avec infiniment de patience, d'adresse.

S'il avait échoué au port, cela tenait à une circonstance for-
tuite. M. Desgranges avait commencé à chercher Joachim
cinq minutes trop tôt.

Quant à la poursuite dont il s'était vu l'objet, le faux
Joseph avait jugé convenable de n'en rien dire à M. Corsini :
il lui paraissait inutile de raconter qu'il avait eu grand'peur ;
son orgueil souffrait bien trop de cette humiliation pour qu'il
en fît part à personne, même à son beau-frère ; et de plus,
les gens comme Ozelli prennent le plus grand soin de maintenir leur réputation de bravoure invincible : la terreur qu'ils
inspirent s'en augmente et leur est utile, même avec leurs
complices.

Moins de quinze jours après qu'il eut communiqué secrètement avec Ozelli, M. Corsini écrivit à sa belle-sœur une
longue lettre qui fut pour elle et pour M. Desgranges l'occasion d'une grande surprise.

Le perfide parent exprimait dans des termes simples et
d'une parfaite convenance, le regret des contestations qui
s'étaient élevées entre son frère et lui ; il déplorait l'animosité
que les gens d'affaires avaient fait naître par leurs conseils
intéressés. « Désespéré, disait-il, de la mort de son bon et
» excellent frère dont il avait, dès long-temps, pardonné
» toutes les vivacités à son égard, et ne voulant plus se rap-
» peler que la noblesse de cœur et la droiture de Pietro, il

» n'avait plus d'autre pensée que d'amener une transaction
» qui témoignât de son bon vouloir et de son désintéresse-
» ment. Informé par un ami qui, dans le cours de ses voya-
» ges, s'était arrêté à Arbois, de la dignité avec laquelle sa
» belle-sœur supportait son malheur, du soin qu'elle prenait
» de conserver l'honorabilité du nom qu'elle portait, de sa
» sollicitude et de son tendre dévouement pour son fils, pour
» son neveu à lui, il s'était senti touché de tant de mérite et
» de vertu, et avait éprouvé un vif désir de mettre fin à leurs
» débats, en renouant des liens de famille si tôt et si malheu-
» reusement rompus.

Il ajoutait : « Croyez à ma sincérité ; seul au monde, je
» sens, à mesure que l'âge avance, que je souffre davantage
» de mon isolement et du manque d'affections ; accordez-
» moi une part dans la vôtre ; enseignez à mon neveu à
» placer mon nom dans ses prières. Apprenez-lui à m'aimer
» comme je me sens porté à l'aimer lui-même. Je sais combien
» vous êtes pieuse, que vous êtes la véritable femme chré-
» tienne.... Vous oublierez, et vous m'aiderez, par un rap-
» prochement amical, à me rattacher à la vie par l'amitié
» d'un enfant qui sera désormais mon espoir et ma conso-
» lation. »

A cette lettre était joint un projet de transaction qui semblait destiné à satisfaire le jurisconsulte le plus prévenu.

M. Desgranges le lut, le relut et le médita. On eût dit qu'il cherchait à y découvrir et qu'il y devinait la présence d'un piége ; mais comme il ne trouvait rien, il restait rêveur, au grand étonnement de sa femme et de Madame Corsini.

Quant à la mère de Joachim, encouragée en cela par son amie, elle se livrait tout entière aux plus flatteuses espérances. Relevée de ses inquiétudes pour l'avenir de son enfant, caressant la pensée flatteuse de lui faire donner une éducation solide et brillante, elle se sentait heureuse du changement qui s'annonçait dans sa fortune : l'ambition s'empare si aisément du cœur de toutes les mères !

Elle voyait Joachim débutant avec succès dans ses études, faisant des progrès rapides. Intelligent et laborieux, il se distinguait parmi les mieux doués. Chaque année, il apportait à sa mère toute glorieuse, de nouvelles palmes, récompense de ses efforts constamment soutenus. Puis il était admis à l'École polytechnique ; il réussissait au-delà de toute attente, même de celle de sa mère. Toutes les carrières s'ouvraient devant lui. Rempli d'ailleurs de toutes les qualités qui distinguent un jeune homme bien élevé et le font accueillir des personnes les plus honorables, il n'avait qu'à choisir. Sa distinction préviendrait partout en sa faveur ; son regard ferme et assuré témoignerait de sa loyauté et de la franchise de son caractère. Il voudrait probablement suivre la carrière de son père dont le nom n'aurait pas cessé d'être présent à la mémoire de ses anciens frères d'armes ; il y serait reçu avec l'empressement le plus flatteur et parviendrait, grâce à son nom, à de tels appuis et à son mérite personnel, aux grades les plus élevés..... Comme elle serait fière de s'appuyer sur son bras !

Que pouvait sur l'esprit tout-à-coup exalté de Madame Corsini la prudence méticuleuse de M. Desgranges ? Il ne disait plus rien et réservait à la veuve de son ami l'appui de sa franche amitié, si jamais elle en avait besoin. Il souriait quelquefois même à ses espérances et à ses projets.

Ce fut dans l'enchantement de ses beaux rêves que la mère de Joachim répondit à son beau-frère. Elle lui exprimait avec simplicité sa gratitude pour les bons procédés dont elle était devenue l'objet, passait légèrement sur des débats maintenant oubliés et n'en parlait que comme d'un simple malentendu. Elle acceptait avec joie la protection de M. Corsini pour son enfant qui saurait un jour la mériter et s'en montrer reconnaissant par son obéissance et sa respectueuse soumission. Puis elle terminait sa lettre par un portrait tracé selon son cœur : « Mon fils sera beau comme l'était son père à » jamais regretté ; ses yeux vifs et doux reflètent déjà les » sentiments d'une belle âme. Son cœur tendre et bon s'épa- » nouit aux moindres marques d'intérêt ou d'amitié : il se

» contriste au spectacle de la douleur d'autrui. Il aime ten-
» drement sa mère dont il écoute avec docilité les enseigne-
» ments à la portée de son âge. Si un mouvement de vivacité
» et une légèreté bien naturels et bien excusables lui font un
» instant oublier ses avis, il revient promptement à elle, puis
» sans chercher de vaines excuses, comme font souvent les
» enfants, il avoue franchement sa faute dont il sollicite le
» pardon. J'ai semé dans son cœur et j'entretiens soigneuse-
» ment les principes d'une piété sincère ; aussi, dans ses
» prières de chaque jour, votre nom n'a-t-il jamais été séparé
» de celui de son père et de sa mère. Il m'a toujours semblé
» que les enfants ne doivent pas connaître les divisions qui
» s'élèvent parfois dans les familles ; c'est flétrir leur jeune
» cœur et leur inspirer des sentiments mauvais qui, peut-être,
» ne s'effaceront plus. »

Madame Corsini se livrait ainsi, cœur et âme, à des épan-
chements dont elle était heureuse ; elle avait désormais confiance dans l'avenir de son fils : rien ne lui manquait.

Son beau-frère lui répondit par de nouvelles protestations
d'amitié et de dévouement. Il revenait à plusieurs reprises
sur ses regrets du passé qu'il voulait faire oublier et oublier
lui-même. Tout ce qu'on lui écrivait de son cher neveu, le lui
rendait plus cher encore. Il donnait à entendre qu'il avait un
vif désir de le connaître ; que ce serait pour lui une grande

consolation et un grand bonheur que de l'avoir près de lui ;
que, peut-être même, il serait opportun, puisque Joachim
devait avoir un jour presque toute sa fortune en Piémont, de
lui donner une éducation moitié italienne, moitié française, et
de le faire résider en Italie jusqu'au jour où il aurait lui-
même à se décider pour le choix d'une carrière.

La pensée que son beau-frère exprimait sur la première
éducation de Joachim, attrista bien un peu Madame Corsini ;
mais elle y croyait voir une inspiration de sage prévoyance.
M. Corsini insista. La tendre mère s'habitua peu à peu, malgré elle, à l'idée d'une séparation profitable pour Joachim. Le
sacrifice qu'elle s'imposerait avait une telle importance pour
les intérêts de son enfant !

Et M. Desgranges ? Il trouvait que tout allait bien vite.
« Quel feu, disait-il à Mme Desgranges qui partageait l'en-
» thousiasme de son amie, quel empressement vous mettez à
» la pousser, elle et son fils, dans les bras de ce Monsieur !
» Quand je vous dis, moi, que tout cela n'est pas naturel !
» Mes pressentiments ne me trompent guère : *Il y a certai-
» ment quelque chose là-dessous!* Quoi ? Je l'ignore ; une
» trame quelconque dont je ne peux savoir le fil ; mais je le
» trouverai.... Pourvu que j'arrive à temps ! »

Et il s'en allait, le digne et excellent homme, réfléchir dans
son jardin qui souffrait un peu de sa grande préoccupation.

CHAPITRE XI

Madame Corsini et son fils deviennent riches. — L'oncle de Joachim
annonce qu'il veut le rendre plus riche encore.

Es choses se passaient ainsi depuis quelques mois ;
Madame Corsini avait reçu le premier semestre de
ses fermages piémontais ; son beau-frère y avait joint
un joli cadeau pour son cher et bien-aimé neveu. Dans sa
joie, l'enfant ne parlait plus que de son oncle d'Italie; il en
importunait bien un peu son bon ami Desgranges et s'étonnait que celui-ci ne partageât point, comme de coutume, ses
rires et ses élans de gaieté. La correspondance devenait de
plus en plus active ; on était dans les meilleurs termes et la
confiance s'établissait complètement.

M. Corsini, à différentes reprises, avait manifesté un grand désir d'embrasser le jeune Joachim « qu'il aimait déjà comme son enfant » et de faire connaissance avec sa belle-sœur. Dans le courant de l'automne, il annonça tout-à-coup sa prochaine arrivée.

Cette nouvelle, quoique prévue, causa à Madame Corsini une pénible émotion ; elle éprouva à la lecture de cette lettre, une angoisse plus douloureuse peut-être qu'à la mort de son mari. Il lui sembla que son cœur se détachait violemment de sa poitrine ; une agitation nerveuse ébranla tous ses membres ; des sons inarticulés sortaient douloureux de sa gorge serrée... Mon enfant ! mon enfant ! s'écria-t-elle avec effort... et, quand il vint se jeter tout effrayé dans les bras de sa mère, quand elle le sentit appuyé sur son cœur, pendant qu'elle le couvrait de baisers, des larmes abondantes inondaient son visage. La réaction se fit peu à peu ; elle tomba alors dans un état de prostration et dans une tristesse indicibles.

C'est dans cette position que la trouva Mme Desgranges, qui, toute bouleversée, courut à elle, lui prit les mains affectueusement, l'interrogeant du regard, sans pouvoir se rendre compte de la cause d'une telle désolation. Madame Corsini lui ayant présenté la lettre de son beau-frère, suivit d'un œil anxieux l'effet que cette lecture allait produire sur son amie. Le calme de Madame Desgranges l'étonna.

Tout en lisant chaque ligne avec le plus grand soin, la
bonne dame témoignait, par des signes d'amitié, l'intérêt et
même le plaisir qu'elle y prenait. Madame Corsini étudiait
les moindres impressions de son amie, ses moindres mouvements. La voyant de plus en plus charmée, elle sentit
renaître un peu de calme dans son propre cœur et elle se
trouva tout naturellement préparée à écouter les paroles de
Mme Desgranges. Celle-ci se rapprocha d'elle et lui dit de sa
voix la plus douce, du ton le plus affectueux. « Calmez-vous,
» chère Madame, et causons de vous et de votre bien-aimé
» Joachim. Vous savez la part que je prends à tout ce qui
» vous intéresse. Aussi je ne m'étonne pas de la douleur
» poignante que vous éprouvez. Mais vous êtes mère, et,
» comme mère, toujours prête à vous sacrifier pour ce cher
» petit garçon. Nous avons examiné toutes deux, dans les
» limites de la raison et de la prudence que Dieu nous a
» accordées, les procédés nouveaux de votre beau-frère en-
» vers vous et votre fils, et nous nous en sommes réjouies en
» pensant aux avantages qui en résultent pour vous et pour lui.

» M. Desgranges n'a point partagé notre joie ; mais il me
» semble qu'il n'a pu opposer un seul motif valable à nos
» espérances.

» Mettons tout de suite le doigt sur la plaie dont saigne
» votre cœur si tendre et si désolé : vous tremblez de ce que

» M. Julio Corsini paraît vouloir vous enlever Joachim pour
» se charger à peu près seul de son éducation ; mais souvenez-
» vous du chagrin que vous causait précédemment la pensée
» que vos faibles moyens ne vous permettaient pas d'envoyer
» votre fils dans quelque grand collége, et que vous seriez
» obligée de le laisser déchoir du rang qu'occupait son père.
» Ce chagrin, je le partageais avec vous, et il était d'autant
» plus vif que tout, dans mon petit ami, promettait un sujet
» distingué. Aujourd'hui que l'impossible devient possible,
» que la fortune vous sourit, allez-vous manquer de courage,
» vous que j'ai vue si forte et si résignée dans le malheur ?
» M. Corsini vient à vous avec les intentions les plus bien-
» veillantes : toutes ses actions jusqu'ici le prouvent ; toutes
» ses lettres le disent ; pouvez-vous le repousser ? Allons,
» allons, faites bon accueil à votre parent. Vous ne pouvez
» vous en dispenser, et, s'il est nécessaire d'étudier son
» caractère, de scruter ses intentions, nous vous y aiderons,
» soyez tranquille. »

— Oui, oui, soyez tranquille, dit M. Desgranges qui avait
entendu ces derniers mots, nous aurons l'œil sur ce Monsieur,
et je m'en charge ; car vous autres femmes, vous vous laissez
aisément prendre à de faux-semblants.... qui.... que.... Il
suffit ; je m'entends.... Chargez-vous de la réception et moi
je me charge du reste. Il sera bien fin si je ne... pas un mot

de plus sur ce sujet ; soyez aimable, très-aimable même... je suis-là !

Madame Corsini, raffermie par les raisonnements de Madame Desgranges et par la promesse de son mari, ne songea plus qu'aux préparatifs nécessaires pour recevoir convenablement le frère de son mari. Le petit appartement qu'elle lui offrirait était sans doute fort simple ; mais tout y était disposé avec soin et bon ordre ; partout régnait une exquise propreté, le vrai luxe des fortunes médiocres. M. Corsini pourrait bien s'y délasser des fatigues d'un long voyage.

Qui donc, en effet, n'a pas éprouvé un bien-être délicieux, en pénétrant dans une chambre toute modeste, mais offerte par l'amitié, à l'aspect de linge et de tentures d'une blancheur éclatante, à la sensation exquise du parfum de quelques fleurs de choix placées sur les meubles? On aspire à pleins poumons un air balsamique ; on se trouve à l'instant léger et dispos.

Quant aux apprêts culinaires, nul embarras ; le pays fournit abondamment toutes choses. La bonne jardinière, voisine de Madame Corsini, cordon-bleu dont la carrière avait été interrompue pour cause de mariage, lui viendrait en aide. Une jeune servante entrée récemment chez elle compléterait le service.

Toutes ces dispositions sagement prises, il n'y avait plus qu'à attendre l'hôte d'abord si redouté.

CHAPITRE XII

M. Julio Corsini arrive, comme il l'avait dit. — Toutes les préventions que l'on avait contre lui sont dissipées. — Décidément Joachim quittera sa bonne mère pour aller vivre à Turin chez son oncle; mais il reviendra chaque année à Arbois.

ONSIEUR Julio Corsini arriva enfin; la diligence arrêtée à la poste avait été promptement, comme toujours dans les petites villes, entourée de flâneurs et de curieux. Il fallait voir s'il en descendrait des personnes de connaissance; se livrer à des commentaires sur les voyageurs; apprendre, à l'occasion, une nouvelle ou l'autre. C'était toujours une heure employée tant bien que mal; et les heures sont parfois si lourdes!

M. Corsini, sans prêter attention à ce groupe d'importuns, avait pris sa valise et s'était acheminé, sans demander aucun renseignement, du côté du faubourg qu'habitait sa belle-sœur.... Grand sujet d'étonnement, comme bien on le pense !

— Qui donc celui-là, voisin ? Le connaissez-vous ?

— Je ne l'ai pas bien vu : je regardais dans le coupé un Monsieur et une Dame qui me semblaient enchantés d'être débarrassés de la société de ce Monsieur.

— Ah ! et vous ?

— Moi ? Il me semble que j'ai vu cette figure-là quelque part.

— A moi aussi, disait un troisième ; mais je ne me souviens pas où ; et encore celui-ci me paraît plus maigre et moins grand.

Cette conversation intéressante pouvait durer encore long-temps, quand un quatrième individu, qui arrivait du faubourg, dit d'un air d'importance :

— Et moi je le connais !

— Bah ? Vraiment ?

— C'est-à-dire : je ne le connais pas ; mais je l'ai vu entrer chez Madame Corsini.

— Tiens, tiens, tiens, dit un autre, vous me mettez sur la voie ; ne serait-ce pas cet Italien qui a logé quelques jours à la *Pomme d'or ?*... Vous savez ? dans le temps de l'affaire de ce brigand de colporteur ; car c'était un brigand, bien sûr.

— Mais votre Italien n'avait parlé à personne.

— Comme celui d'aujourd'hui.

— Si c'était le même?

— Vous m'y faites penser.

— Le premier avait eu un long entretien avec le brigand de colporteur.

— Ah! mon Dieu! s'écria un gros homme en levant les yeux au ciel, que deviendrons-nous? C'est sans doute le chef d'une bande organisée pour exploiter nos cantons. Si nous allions le signaler à la police?

— Oui, c'est cela, répondit un des interlocuteurs en rompant le cercle, pour nous faire regarder comme des espions; merci! Je ne me chauffe pas de ce bois-là, moi! Nous tenir sur nos gardes; surveiller les démarches de ce Monsieur, je ne dis pas; c'est dans notre intérêt; mais dénoncer! oh! non pas!

Et nos curieux se séparèrent pour aller, chacun dans son quartier, porter la nouvelle de cette arrivée, avec toutes sortes de suppositions et de commentaires. Arbois n'avait jamais été si occupé, ses oisifs du moins.

On poussait bien les gendarmes à aller demander le passeport de ce Monsieur; mais la maison de Madame Corsini était si respectable! A la fin on apprit par un avocat que la dame avait des intérêts à débattre en Italie; qu'à cette occasion, un homme de loi était venu, dit-on, s'entendre avec elle et que...

Pour le coup, tous les commentaires cessèrent. D'ailleurs, M. Corsini ne quitta pas la maison de sa belle-sœur ; on ne le revit pas dans la ville ; chacun en fut encore cette fois pour ses frais de suppositions et de curiosité.

M. Corsini se présenta à sa belle-sœur avec un compliment tout cordial et de bon goût : il avait l'habitude du monde. M\ème Desgranges était présente ; elle eut sa part des aménités du voyageur. Il la remercia de sa constante amitié pour « sa sœur » et se réserva d'exprimer lui-même sa reconnaissance à son mari qui avait été le meilleur ami de son frère. « Il savait » toutes les obligations que sa famille leur avait à tous » deux : Madame Corsini, dans toutes ses lettres, l'avait entre- » tenu de leur bonté inépuisable et de la constance de leur » dévouement. »

Tout cela fut dit avec grâce et le sourire sur les lèvres. Mᵐᵉ Desgranges eût craint de passer pour indiscrète en res- tant davantage en tiers dans un premier entretien. L'excel- lente personne se chargea d'envoyer Joachim qui était allé jouer avec les enfants de la jardinière : son oncle le cherchait du regard et le demandait avec instances.

L'enfant accourut bientôt. En voyant son oncle, il arrêta son élan et fit un salut contraint : il se sentait glacé. Ah ! ce n'était pas ainsi qu'il abordait son bon ami Desgranges ! M. Corsini ne parut pas s'apercevoir de ce mouvement de froideur instinctive ; du reste ses yeux étaient si mobiles que nul n'avait jamais pu y lire sa pensée. Il attira l'enfant à lui, l'embrassa avec une apparente éffusion, complimenta sa mère sur sa bonne tenue, sur son air réservé et déjà raison-, nable.

Rassuré par les bonnes paroles et les caresses de son oncle, Joachim ne tarda pas à reprendre son naturel vif et gai et à se familiariser avec cette figure bronzée, ces traits un peu durs et très-accentués, cette parole un peu haute, un peu saccadée, et retrouva enfin la voix pour répondre aux mille questions de son oncle. Il le fit avec la convenance qu'il devait à la bonne éducation que sa mère lui donnait.

Madame Corsini se rassura elle-même ; car elle avait éprouvé un moment d'inquiétude sur l'impression qu'avait pu produire l'abord de son fils.

Ces premiers moments passés, la bonne harmonie s'établit bientôt entre nos divers personnages. Madame Corsini affable, prévenante, ne s'occupait que de complaire à son beau-frère, d'étudier ses goûts pour prévenir ses souhaits. M. Corsini se montrait simple et accommodant. Il ne se plaignait que du trop d'attentions qu'on avait pour lui. Joachim, comme un véritable enfant gâté, se voyant bien venu, devint en peu de jours très-familier, sans que son oncle parût le trouver importun.

M. Desgranges était venu plusieurs fois, et sa perspica-
cité fut absolument mise en défaut par l'air de franchise et
de bonhomie que M. Corsini savait prendre à volonté. On
doit dire qu'il y avait chez l'honnête vieillard un petit grain
de vanité que l'oncle de Joachim avait aisément découvert.
Pour flatter M. Desgranges, il affectait de ne lui parler qu'en
italien ; il le félicitait de la pureté de son accent. La vérité
est que M. Desgranges n'avait rapporté d'Italie qu'un vilain
jargon à peine Piémontais.

Parlait-on politique ? M. Corsini abondait dans son sens et
critiquait amèrement tout ce qu'avait fait la *restauration;* surtout les mesures prises à l'égard des industriels étrangers
« seuls capables de régénérer le pays. »

La conversation tombait-elle sur les avocats, les procureurs,
les juges mêmes ? il les faisait si vilains que M. Desgranges
ne trouvait plus un trait à ajouter au tableau. Ah ! si l'on
avait pu lire ce qui se passait dans l'âme de M. Corsini ! Mais
il était si habile ! Et puis Ozelli l'avait si bien renseigné sur
le caractère de chacun, que son rôle avait été rendu facile !
Il les avait donc pu capter tous en les prenant par leurs
faibles.

Le moment était enfin venu de parler de l'éducation et de
l'avenir de Joachim. M. Corsini choisit pour traiter cette
grave question, un jour que la famille Desgranges dînait à la

petite villa. Ce moment était adroitement choisi ; car en posant la question devant les amis de Madame Corsini, il ne laissait place à aucun doute sur sa sincérité. « Il se contentait, dit-» il, d'exprimer son opinion ; c'était à M. et Mme Desgranges » de la débattre avec leur amie. » Elle était d'ailleurs fort simple et se résumait en peu de mots. « Confiez-moi, di-» sait-il, votre fils, mon neveu, pour le faire élever sous » mes yeux, selon sa condition. Je suis riche et je n'ai » pas d'autre héritier. Maintenant que la vieillesse approche, » je sens le vide de mon existence et j'ai besoin d'affections. » J'ai eu le temps d'apprécier les bonnes qualités de Joachim. » Je suis bien sûr que plus nous vivrons ensemble, plus » j'aurai d'amitié pour lui. Je n'entends pas d'ailleurs vous » en priver, ma sœur, d'une manière absolue ; ce serait une » cruauté. Tous les ans je vous le renverrai, tant qu'il sera » trop jeune pour voyager seul, sous la conduite d'un homme » prudent, et vous le garderez chaque fois six semaines. » Mme Desgranges approuva ; M. Desgranges ne fit aucune objection.

Craignant d'offenser M. Corsini si elle résistait à sa de-mande, mais hors d'état de parler, tant elle avait le cœur serré, la mère de Joachim embrassa son enfant, le déposa dans les bras de son oncle et quitta le salon, presque suffo-quée par ses larmes ; Mme Desgranges la suivit ! Quant à

M. Desgranges, tout ému de cette scène touchante, il prit affectueusement les mains de M. Corsini et tout aussi impressionné que s'il s'agissait d'un fils à lui, il se mit à expliquer la nature fine et délicate de Joachim, sa sensibilité exquise, les procédés dont usait sa mère pour en obtenir tout ce qu'elle voulait. Puis s'adressant à l'enfant :

— Tu aimeras bien ton oncle, n'est-ce pas?

— Oui, mon bon ami.

— Tu penseras toujours à ta bonne mère !

— Oh! oui, toujours, et je prierai bien le bon Dieu pour elle.

Joachim ajouta en regardant son oncle d'un œil doux et caressant :

— Vous avez promis que je viendrais la voir souvent? Je l'aime tant, ma bonne petite mère !

— Mon cher neveu, tout est convenu.

M. Desgranges, trop attendri de cette scène, ne remarqua pas l'air et l'accent que M. Corsini avait mis involontairement à ces paroles ; au reste, il s'était maîtrisé promptement ; ses traits n'exprimaient plus que le contentement d'avoir vu appuyer sa demande et d'avoir obtenu un plein succès.

Les deux dames étaient rentrées au salon ; il ne restait plus à fixer que l'époque du départ de Joachim. Madame Corsini aurait bien désiré qu'il fût différé jusqu'au printemps prochain.

Mais M. Corsini annonça qu'une affaire importante l'appelait dans le midi de la France; qu'il pourrait se trouver à Lyon dans un mois; que le mieux serait donc que sa belle-sœur lui amenât Joachim dans cette ville à l'époque où il y reviendrait lui-même. Il ajouta qu'il ne craignait pas de solliciter de M. Desgranges un acte de bonne grâce à joindre aux preuves nombreuses de son ancienne amitié pour Madame Corsini : ce serait de vouloir bien la conduire à Lyon avec son fils et de la ramener. Il renouvela à sa belle-sœur la promesse d'avoir le plus grand soin de l'enfant; de donner fréquemment de ses nouvelles.

Ce plan fut adopté ; M. Desgranges promit d'accompagner Madame Corsini et son petit ami Joachim. Mme Desgranges consentit de même à être du voyage, ce qui acheva de décider la pauvre mère. Elle appréciait mieux que jamais le sincère dévouement de ses amis : pour elle, pour la consoler, ils ne craignaient pas de quitter momentanément leurs habitudes; chose difficile quand on n'est plus jeune.

M. Corsini se montra enchanté de cet arrangement et fit connaître qu'il partirait dès le lendemain, pour être plus sûr de venir avec exactitude au rendez-vous.

M. et Mme Desgranges regagnèrent leur demeure.

M. Corsini partit comme il l'avait annoncé.

Il tardait à Madame Corsini d'être enfin livrée à elle-même

pour jouir seule de la présence et des caresses de son enfant.
Pauvre mère ! Il lui semblait qu'on était allé bien vite dans une
décision de cette importance,... qu'elle n'était plus comprise
de personne.

Joachim assis sur ses genoux lui disait : « Ne pleure pas,
» mère, je serai bien sage et mon oncle sera content de moi.
» Et puis j'apprendrai tout de suite à écrire pour te raconter
» tout ce que j'aurai vu. Je regarderai bien tout pour t'en
» mettre bien long, bien long dans mes lettres ; ce sera aussi
» pour te répéter combien je t'aime. »

Pauvre petit ! Lui aussi, il se séparait d'elle sans une grande
douleur ! Oh ! les enfants ? seraient-ils donc ingrats comme
souvent on entend les mères s'en plaindre et les en accuser ?

Il n'en était pas ainsi de Joachim ; il obéissait, sans s'en
douter, et, comme tant d'autres, à la mobilité de son âge.

Madame Corsini s'occupa immédiatement du petit trousseau
de son fils ; les soins qu'elle y donna prouvaient son désir et
son espoir qu'il fût admiré des étrangers comme elle l'admirait elle-même. Et pour cela, elle s'évertuait à le faire le plus
beau possible : c'est toujours par là que les mères commen-
cent.

Pendant qu'elle se livrait avec ardeur à ces travaux minutieux, elle avait près d'elle son fils bien-aimé à qui elle donnait tout ce que son cœur et sa raison lui inspiraient de conseils

prudents et de tendres recommandations. Elle y revenait sans cesse, dans la crainte d'oublier quelque chose.

L'amour d'une mère est infini et son cœur est inépuisable !

Mme Desgranges venait presque chaque jour passer quelques heures près d'elle ; tant de preuves d'amitié soutenaient sa faiblesse et relevaient son courage.

Toutes ses heures ainsi remplies passaient moins lourdes et moins pénibles, partant plus rapides ; si bien qu'elle resta étonnée, interdite, quand M. Desgranges vint l'avertir que le mois était écoulé, et qu'il fallait se mettre en route. « Quoi ! » déjà, disait-elle ; il lui restait tant de choses à faire ! » Elle trouvait mille prétextes pour retarder le départ, au moins pour quelques jours. Mais M. Desgranges avait loué une voiture pour que l'on fît le voyage en famille ; tout était prévu, disposé ; il n'y avait plus moyen de reculer ; l'équipage serait prêt le lendemain de bonne heure.....

Madame Corsini avait pleuré toute la nuit ; elle était pâle et défaite ; ses amis, d'un commun accord, feignirent de ne s'en pas apercevoir, tout en l'entourant de soins et d'attentions. Quant à Joachim, il avait fait un choix de ses joujoux préférés, sans oublier une jolie petite canne qu'il brandissait d'un air décidé : il fut le premier dans la voiture... Les enfants sont parfois bien cruels !

Enfin l'on partit... Les différentes remarques que l'on fit sur les lieux que l'on parcourait, sur les divers points de vue, sur les cultures ou les industries locales, les menus incidents survenus dans les gîtes qu'on avait choisis le long de la route, animèrent un peu la conversation qui, cependant, languissait toujours malgré les efforts de M. Desgranges.

CHAPITRE XIII

Les moyens préliminaires et les joies de M. Corsini. — Le bon abbé Robasto s'apprête à passer les Alpes pour venir faire la connaissance de son jeune élève Joachim.

AISSONS nos amis s'acheminer à petites journées vers le lieu du rendez-vous, et occupons-nous de M. Corsini et voyons ce qu'il était devenu :

Il ne s'était point rendu dans le midi de la France, comme il l'avait annoncé ; arrivé à Lyon, il avait brusquement tourné à gauche pour se rendre en toute hâte, par le Pont-de-Beauvoisin, Chambéry, la Maurienne et le mont Cenis à Turin, où une affaire de succession considérable qu'il traînait en longueur depuis plusieurs mois, venait d'être appointée par ordre du magistrat. Il fallait à tout prix, d'après ses vues secrètes, que l'affaire fût retardée quelque temps. Il réunit ses conseils ; il n'avait pu, leur disait-il, rassembler encore toutes les pièces à l'appui de ses prétentions ; un nouveau délai était indispensable ; c'était à eux de l'obtenir, sans qu'il parût s'en être mêlé. On chercha un moyen de chicane ; on en trouva dix. Son avocat se fit ordonner les eaux d'Aqui ; son cousin et procureur Corsini dont M. Desgranges avait conservé un si irritant souvenir, se mit de plus belle à son régime d'infusions et de potions calmantes. On séduisit, chose facile alors, une personne qui avait l'oreille du juge et l'on obtint tout ce que l'on désirait ; même plus que ce que l'on avait espéré : l'affaire était remise jusqu'à plus ample informé, c'est-à-dire à un temps indéfini. Les pièces furent renfoncées dans le sac à procès et tout en resta là.

Libre de ces soins, M. Corsini se retira à la campagne sous prétexte de s'y reposer de ses fatigues et d'y passer une ou deux semaines à préparer tout ce qui convenait pour recevoir son neveu, fils de son frère bien-aimé, qu'il voulait, répétait-il partout, faire élever sous ses yeux.

Tout le monde le loua excessivement de sa généreuse conduite. Quand il annonça son intention de trouver un homme de mérite pour être le précepteur de l'enfant, ce fut à qui le seconderait dans son choix. Vingt candidats furent présentés ; mais il arrêta ses vues sur un excellent et digne ecclésiastique et l'on trouva, en général, qu'il ne pouvait mieux rencontrer.

7

Étant arrivé dans sa terre, il s'informa publiquement de la plupart des ouvriers qu'il avait l'habitude d'employer à ses travaux, et, sans affectation, s'étonna très-haut de ne pas voir Ozelli.

On lui demanda s'il fallait appeler ce dernier.

« Oui, répondit-il, dites-lui de venir. »

Il savait pourtant mieux que personne qu'Ozelli était absent de Lombriasco.

La femme, avertie par l'intendant des travaux, vint au château et demanda à voir M. Corsini.

« Excellence, dit-elle devant les domestiques au milieu
» desquels M. Corsini était descendu, Ozelli ne savait pas que
» vous voudriez l'employer, cette campagne ; car étant re-
» venu dimanche dernier d'un long voyage, il est reparti dès
» le lendemain, et, peut-être, ne le reverrai-je que dans
» quatre ou cinq mois. Certainement il n'aurait pas quitté
» Lombriasco s'il avait eu l'espoir que votre Excellence lui
» donnerait du travail pour cet hiver. Vous savez, nous
» autres pauvres gens, nous nous occupons comme nous
» pouvons. »

M. Corsini avait l'air d'écouter la femme d'Ozelli comme un bon propriétaire qui s'intéresse aux petites aventures des paysans de son voisinage. On aurait juré, tant il mettait de bonté presque paternelle à cette audience, qu'il n'était pas instruit des pas et démarches d'Ozelli beaucoup mieux que la femme de ce dernier.

Ozelli tenait pour un principe excellent que les secrets les mieux gardés sont ceux dont on ne fait confidence qu'aux gens qui ont part dans l'entreprise à risquer. Il s'était donc contenté, en revenant pour un jour d'Ivrée à Lombriasco, de dire à sa femme qu'il allait s'associer pour quelques mois avec Gastaldi pour courir avec lui l'Allemagne et que, dans ce voyage, il avait besoin d'emmener sa fille Christina ; Gastaldi prendrait son fils Ambrosio. La pauvre paysanne, accoutumée à entendre sans réplique ce que lui disait son mari, n'avait fait aucune opposition ; il était parti avec sa fille. Elle raconta ingénûment à M. Corsini tout ce qui s'était passé, comme elle le savait et comme elle le croyait ; mais voici la vérité entière.

Ozelli avait, en attendant les ordres de l'oncle de Joachim, comme nous l'avons vu, pris résidence à Ivrée, chez son beau-frère Gastaldi.

Ce dernier, comme presque tous les habitants pauvres de la même province, ne demeurait chez lui qu'une partie de l'année : le reste du temps, il allait au loin exercer son industrie. Laquelle ? Dédaignant d'être ou de se dire fumiste, comme la plupart de ses voisins, et de former une bande de ces petits ramoneurs qu'on emmène de leur pays, au commencement des mauvais jours et que nous voyons si misérables, si mal vêtus, solliciter la pitié des passants, — leur maître étant placé dans quelque angle de porte pour surveiller la recette et se l'adjuger, — non, Gastaldi était un artiste, un chef de troupe : il avait un orgue, une petite ménagerie et des acteurs enfants, avec lesquels il parcourait, chaque hiver, une contrée quelconque, donnant des représentations en plein vent. Il grossissait en outre ses profits de ce qu'il pouvait dérober.

M. Corsini, qui connaissait tous ces détails, prescrivit à Ozelli de suivre, cette fois, son beau-frère dans sa tournée dont il prit soin de régler lui-même l'itinéraire, jour par jour, et lui donna, pour le surplus de ces instructions, rendez-vous à Chivasso, sur la route de Verceil.

Ce fut pour y obéir qu'Ozelli vint à Lombriasco, ne s'y arrêta que vingt-quatre heures, prit son enfant et se rendit ensuite à Turin où une personne affidée lui donna un faux passeport et l'argent nécessaire pour garantir la valeur et le loyer d'un beau grand orgue à airs variés qu'il prit chez Orgéas-Denis, le plus fameux facteur de Turin. Peu après Gastaldi vint le rejoindre et tous deux commencèrent leur pérégrination.

La femme du brigand avait donc conté devant M. Corsini et ses serviteurs tout ce qu'elle pouvait dire pour excuser son mari, et pour obtenir qu'une autre fois il pût reprendre place parmi les ouvriers du domaine. Quand elle eut achevé son assez long compliment, M. Corsini la renvoya en lui disant que c'était bien et qu'il n'en voulait pas du tout à Ozelli. « A « l'occasion, ajoutait-il, je l'emploierai encore ; car je pense « qu'il veut se conduire en honnête homme. »

Ces paroles étant dites, il se précipita, plutôt qu'il ne se retira, dans son cabinet de travail ; car il n'aurait pu contenir plus longtemps l'explosion de sa joie. Tout succédait, en effet, au gré de ses désirs : le jugement de son grand procès remis en quelque sorte à sa disposition ; Ozelli, tout stylé déjà, prêt à se mettre en campagne ; le bruit de ses libéralités envers son neveu qu'il allait, d'un jour à l'autre, remettre aux mains d'un excellent précepteur ; l honneur et la considération qui rejaillissaient sur lui de cette dernière circonstance ; le consentement de sa belle-sœur obtenu d'après les conseils de ses meilleurs amis. Oh ! il avait été bien habile !

Il se promenait à grands pas dans son salon ; se frottait les mains : « La trame est bien ourdie, se disait-il, nul ne » ne pourra désormais déjouer mes projets et mettre obstacle » à mon triomphe ; tous les fils sont dans mes mains. C'était » vraiment trop facile pour un si magnifique résultat ; nul ne » peut lire dans ma pensée. Oh ! mes précautions sont bien » prises ! »

Une réflexion importune jaillit sourdement dans son esprit :

« Mais si Ozelli allait?... A quoi vais-je songer-là? Ne sait-il
» pas que sa vie est entre mes mains? D'ailleurs s'il osait....
» malheur à lui! Allons, allons, chassons ces sottes pen-
» sées... » et les éclats d'un rire strident et saccadé sifflaient
entre ses dents. « Et ces pauvres gens qui sont en route
» pour m'amener l'enfant! Quel empressement à me venir en
» aide! N'est-ce pas merveilleux? » En ajoutant l'ironie à ses
pensées diaboliques : « Il faut aller au-devant d'eux ; ce serait
» impoli de les faire attendre. »

Il fit alors une courte absence qui ne fut remarquée de
personne. Il prit par Turin qu'il traversa sans s'y arrêter et
arriva, au commencement de la nuit, à Chivasso. Il y avait,
on le sait, rendez-vous convenu d'avance, car deux hommes
sortirent à l'instant même de derrière les arcades de la place
située au centre de la petite ville et s'acheminèrent vers l'un
des faubourgs; M. Corsini les suivit sans proférer une parole.
Ils s'avancèrent dans la campagne et bientôt tous trois se trou-
vèrent réunis dans un lieu obscur et complètement désert.
Le conciliabule fut long, car ils ne se séparèrent qu'à l'approche du jour. Les deux hommes s'en retournèrent du côté de
Verceil et M. Corsini regagna sa maison de Pancalieri.

Dès le même jour, il fit venir l'abbé Robasto : « Mon cher
» abbé, lui dit-il, vos fonctions commenceront plus tôt que je
» n'avais pensé : je vous emmène à Lyon où ma belle-sœur

» doit m'attendre avec votre futur élève. J'ai jugé convenable·
» de vous présenter à elle. Une mère a toujours mille re-
» commandations à faire ; elle vous dira son caractère, ses
« habitudes ; que sais-je, moi ? Le régime qu'il devra suivre ;
» car je le crois d'une santé délicate. Vous vous entendrez à
» merveille ; ma belle-sœur sera plus rassurée sur le compte
» de l'enfant, et votre tâche, à vous, n'en sera que plus facile.
» Elle vous aura vu ; vous lui plairez, j'en suis certain ; et
» elle me saura gré de mon attention. Faites donc vos petits
» préparatifs et venez me rejoindre à la ville ; je vous attends
» dans deux jours. Ah ! j'allais oublier une recommandation
» qui n'est pas sans importance. Pour des motifs que vous
» comprendrez plus tard, je désire que vous veuilliez bien,
» mon cher abbé, ne pas dire ni à mon petit neveu, ni à ma
» belle-sœur, que je suis venu vous prendre à Turin. Il suf-
» fira qu'ils sachent, comme eux-mêmes le verront bien, que
» nous arrivons ensemble à Lyon. »

C'était tout un événement pour notre bon abbé naturelle-
ment paisible et craintif : Passer le mont Cénis ! Aller en
France ! Il en était tout bouleversé ; néanmoins il fut exact.
M. Corsini était prêt, et ils se disposèrent à franchir les
Alpes.

CHAPITRE XIV

ES voyageurs traversèrent rapidement Rivoli et
Avigliano. Un peu avant d'arriver à Suse, M. Corsini
fit arrêter sa voiture. La route, en cet endroit, se trouve
resserrée, à droite, par une montagne escarpée et d'un accès
difficile ; à gauche, par une forte colline formée de rochers iso-
lés, entourés de quelques vieux arbres et d'épaisses broussailles : au-delà de cette colline, une vallée profonde et déserte.
Il parcourut et examina avec soin ces lieux si sauvages que le
pauvre abbé Robasto, resté seul dans la voiture, se mit à
trembler à leur aspect et ferma les yeux.

M. Corsini le rejoignit enfin, reprit sa place, sans mot dire ; mais il paraissait très-content de sa petite excursion. Il était si bien disposé qu'à Suse, pendant qu'on changeait de chevaux, il engagea l'abbé, qui avait paru le désirer vivement, à aller visiter le pont très ancien et très hardi, jeté sur la Doire. Mais laissons-les gravir lentement les dix lieues de rampes bordées de précipices qui conduisent au sommet du mont Cenis ; laissons-les suivre les pentes rapides qui se dirigent, par Chambéry et la voûte rocheuse des Échelles, vers la seconde ville de France, où ils doivent être attendus.

Ils l'étaient en effet : Madame Corsini et son fils, M. et Madame Desgranges se trouvaient depuis deux ou trois jours installés dans un hôtel de la place Bellecour, quand M. Corsini vint les y rejoindre, et, de son air le plus empressé et le plus affable, leur présenta le précepteur de son choix. « Ma chère » sœur, ajouta-t-il tout bas, mais sans affectation, j'avais » donné, sur ma route, rendez-vous à l'excellent Robasto. Il » a été ponctuel et tout va bien. » Comme tous les fourbes, M. Corsini aimait à mentir, même à propos de choses que d'autres trouveraient indifférentes ; mais ce rusé personnage jugeait utile, à tout événement, de faire croire à Madame Corsini qu'il revenait lui-même du midi de la France, plutôt que de Turin.

L'abbé reçut le meilleur accueil ; son air doux et bon, ses

manières simples et modestes plurent tout de suite ; il devint
aussitôt sympathique au petit Joachim et à sa mère, ce qui
contribua à calmer ses inquiétudes et à adoucir l'amertume de
la séparation qu'elle n'avait pu, jusque-là, ni chasser de son
esprit, ni éloigner de son cœur. Elle remercia avec effusion
son beau-frère de la sollicitude éclairée qui l'avait heureusement dirigé dans son choix ; elle se sentait tout-à-fait rassurée
de voir son enfant aux mains d'un homme aussi respectable.
M. et Madame Desgranges exprimaient les mêmes sentiments.
M. Corsini paraissait enchanté d'avoir réussi au gré de tous.
Les quelques jours qu'ils avaient à passer ensemble achevè-
rent de resserrer les liens de l'amitié qui avait commencé
à les unir tous entre eux.

Souvent Madame Corsini s'emparait de l'abbé ; elle avait
mille recommandations à lui faire ; mille détails à donner sur
sa santé, sur son intelligence, sur son caractère, sur les qualités de son cœur. Tous étaient recueillis avec soin, avec intérêt, par le digne homme que Madame Desgranges comblait,
elle aussi, d'attentions flatteuses ; elle tenait à prouver ainsi
son amitié pour l'enfant. M. Desgranges, lui, italianisait plus
que jamais.

Le moment vint où l'on devait se séparer ; on avait visité
Lyon dans tout ce qu'il présentait d'intéressant : l'hôpital général, l'hôtel-de-ville et son musée, la cathédrale dédiée à

saint Jean, les quais encombrés de marchandises qu'y amè-
nent constamment le Rhône et la Saône. Ils avaient vu les
ponts, les passages et même les théâtres ; ils n'avaient point
oublié les magasins somptueux où M. Corsini avait trouvé
l'occasion d'offrir aux dames de charmants cadeaux en souvenir d'amitié. Ils avaient gravi le côteau de Notre-Dame de
Fourvière, lieu de pélerinage, d'où l'on contemple à ses
pieds, resserré entre ses deux fleuves, la ville toute entière,
au milieu de son riche et vaste panorama. Fourvière possédait à cette époque, dans une tour élevée sur une plate-forme
qui domine tout le paysage, un observatoire pourvu d'assez
bons télescopes à l'aide desquels, l'horizon se trouvant agrandi,
on distinguait, dans ses détails, toute la chaîne des Alpes et
les sommets du mont Blanc chargés de neiges éternelles. Les
rampes les plus élevées de Fourvière étaient occupées par
un grand nombre de jolies petites boutiques garnies de sta-
tuettes plus ou moins riches, selon la matière ou le travail,
et de belles images qui rappelaient la sainteté du lieu. Fourvière, grâce à M. Corsini et à M. Desgranges, fournit encore
aux dames, à Joachim, à l'abbé un contingent de précieux
souvenirs de ce pélerinage.

Enfin, tout enchantés que l'on était les uns des autres,
chacun faisait ses préparatifs de départ. L'abbé avait acheté
quelques livres agréables pour lui et utiles pour son élève ;

celui-ci rassemblait, tout en les admirant encore une fois, les
jolis présents dont son oncle l'avait comblé ; Mme Desgranges,
très-affairée, pliait et arrangeait avec une attention minu-
tieuse, au fond de ses coffres, toutes ses toilettes ; son mari
en fermait les cadenas et, pour plus de sûreté, y ajoutait le
complément d'une corde solidement attachée ; il bouclait aussi
sa valise. Madame Corsini, devenue triste et soucieuse, se
livrait aux mêmes soins ; mais elle s'arrêtait de temps en
temps, rêveuse et essuyant furtivement une larme que ses
amis feignaient de ne pas voir.

Quant à M. Corsini, il allait et venait, suivant tout du coin
de l'œil ; il contenait à peine son impatience d'en finir. Il
donnait, pour le départ, des ordres qu'il renouvelait l'instant
d'après. Si l'on tardait à venir lui rendre compte de leur exécution, il descendait lui-même pour s'en assurer. Pour mieux dissimuler cette impatience prête à déborder, il prenait M. Desgranges à l'écart : « Brusquez cette séparation, *mio caro*, » lui
disait-il de l'air le plus attendri ; « chargez-vous de ce soin.
» Vous avez une force de caractère qui me fait complètement
» défaut dans cette circonstance. Je comprends trop la douleur
» de ma pauvre chère belle-sœur. Soyez (vous me le pro-
» mettez, n'est-ce pas ?) son consolateur et son appui. » Et
il lui donnait une énergique poignée de main ; et il courait s'en-
fermer quelques instants, comme pour surmonter son émotion.

Un dernier repas pris en commun fut triste et silencieux.
Pour en finir, et comme le lui avait inspiré M. Corsini,
M. Desgranges s'étant levé de table, avait fait atteler et revint dire, non sans effort, d'une voix assez ferme : « Tout est
» disposé ; il faut partir ! » Puis il porta Joachim dans les
bras de sa mère frappée comme par une secousse électrique.
L'abbé se chargea de l'enfant qu'il détacha doucement du sein
de sa mère et le déposa tout en larmes près de M. Corsini
déjà monté dans sa voiture. M. et Madame Desgranges pous-
sèrent dans la leur la pauvre femme qui se laissa conduire,
inerte, plus morte que vive ; et l'on partit sans avoir proféré
une seule parole.

CHAPITRE XV

A Chambéry, M. Corsini quitte Joachim et l'abbé. — Voyage du précepteur et de l'élève. — L'abbé s'endort; ses rêves heureux. — Brusque réveil.

M ONSIEUR Corsini atteignit rapidement la frontière au pont de Beauvoisin. Il entrait à la nuit close, dans la cour d'un des hôtels de Chambéry, lorsqu'un homme inconnu aux gens de l'hôtel et qui était arrivé le jour même avec une voiture en assez mauvais état, traversait lentement la cour. Cet homme se retira dès qu'il fut sûr d'avoir été remarqué de M. Corsini.

L'enfant, à bout de soupirs et de larmes, avait fini par s'endormir; l'abbé le porta avec précaution dans la chambre où il avait, lui aussi, grand besoin de prendre du repos. Peu d'instants après, M. Corsini le fit appeler et lui dit : « Mon

Artiste et Colporteur.

» cher Robasto, j'ai voulu vous accompagner jusqu'ici pour
» m'assurer que tout se passera bien pendant le reste du
» voyage ; mais je dois vous quitter pour me rendre à Gre-
» noble. Je vous confie mon neveu ; prenez-en grand soin ;
» je m'en remets à votre prudence ; marchez à petites jour-
» nées et venez me rejoindre à Pancalieri où j'arriverai avant
» vous. Je viens de m'entendre avec un homme sûr qui re-
» tourne à Turin ; il vous évitera tous les embarras de la
» route. Pour moi, je repars dans quelques heures ; veillez
» bien sur l'enfant ; je vous le recommande. »

Le lendemain, dans la matinée, lorsque l'abbé descendit,
conduisant son élève par la main, il trouva sa voiture toute
prête ; on y avait déposé soigneusement leur bagage aug-
menté de certaines provisions qui prouvaient la sollicitude de
M. Corsini. Joachim, à qui la présence de son oncle imposait
une certaine crainte dont il ne pouvait se défendre, se voyant
seul avec l'abbé, retrouva peu-à-peu sa candide assurance,
et l'on partit presque gaiement.

Pendant que tous nos voyageurs se dirigent chacun vers le
but que nous connaissons, tâchons de retrouver les traces de
deux personnages dont nous avons grand intérêt à suivre les
mouvements et à étudier les démarches. Ce sont les deux
hommes que nous avons aperçus sous le portique obscur de
la petite ville de Chivasso, sur la route de Verceil.

Nous les avons suivis dans l'ombre, jusque dans un lieu désert, guidant à leur suite M. Corsini, pour une conférence nocturne où devaient être arrêtées des résolutions graves, sans doute, puisqu'elles exigeaient tant de secret et de précautions : c'étaient Ozelli et Gastaldi ! Nous avons vu M. Corsini rentrer chez lui sans que personne se fût occupé de son absence : nous savons que les deux beaux-frères étaient retournés à Verceil par des chemins de traverse, moins pour abréger leur course que pour dissimuler leur démarche ; ils étaient porteurs de la somme qu'ils avaient déclarée nécessaire pour l'exécution de leur projet de campagne ; le reste leur serait versé après le succès de l'entreprise qui allait leur être confiée.

Ils s'étaient mis aussitôt en rapport avec la famille d'un vieux bateleur de leur connaissance qui voulait abandonner le métier et cherchait l'occasion de vendre ses animaux. Il exploitait en ce moment les Hautes-Alpes. Ozelli s'y était rendu pour examiner *la marchandise*. Le marché fut bientôt conclu et, moyennant une faible somme, il se trouva propriétaire d'un chameau pelé, d'un vieil ours convenablement muselé, dont un anneau de fer bridait les narines, plus, d'un vieux singe encore assez alerte. On y avait ajouté les instruments nécessaires pour monter l'indispensable orchestre : le sourd tambourin, le flageolet aigu et le triangle agaçant. Il fut en outre convenu que le bateleur émérite garderait le tout jusqu'au retour d'Ozelli, qui irait chercher son beau-frère et les enfants ; puis, un à-compte donné, il était reparti aussitôt. Il avait à peine fait une lieue quand il vit venir à lui une chaise de poste dont il s'approcha, le chapeau à la main, comme pour demander l'aumône. L'attelage fut mis au pas pendant une seconde ; le voyageur qui occupait seul l'intérieur de la voiture, baissa une glace, mit la tête à la portière, échangea quelques paroles avec le faux mendiant et lui jeta une belle pièce d'or, ce qui donna au postillon la plus haute estime pour un personnage aussi généreux.

Cette scène avait un autre témoin qui en jugea tout différemment, et pour cause. Voici comment : notre infatigable artiste explorait cette contrée depuis quelque temps ; il avait, du haut d'une colline, vu et reconnu Ozelli, à son premier passage, alors qu'il allait conclure son marché avec le vieux bateleur. « Que vient faire ici ce brigand ? » s'était-il dit. Retenu par la beauté des sites qui se déroulaient sous ses yeux, il avait voulu en enrichir son album et avait séjourné dans les environs. Chargé de son attirail ordinaire, il s'en retournait pédestrement, selon sa coutume. Il allait rentrer sur la grande route, quand il aperçut, à quelques pas de lui, Ozelli blotti dans le fossé, levant de temps en temps la tête avec précaution, portant au loin son regard, puis reprenant sa po-

sition, non sans donner des signes d'impatience. Ch..., car
c'était bien lui, tout en l'observant, voyait venir de loin une
chaise de poste lancée à toute vitesse... Qu'allait-il se passer ?
Il se glissa sans bruit jusque derrière un dernier massif, d'où
il pouvait tout voir, tout entendre, sans être aperçu.

Quand la voiture s'arrêta, il y eut entre le voyageur et le
brigand un signe d'intelligence presque imperceptible, et
Ch.... saisit au vol ces seuls mots prononcés à voix basse,
comme des mots de passe :

Le voyageur : *Va bene?*

Le brigand : *Va bene.*

Et la voiture reprit sa course rapide.

Ce temps d'arrêt, quelque court qu'il fût, avait suffi au
peintre pour graver dans sa mémoire les traits de l'étranger.
Il se montra alors tout-à-coup devant Ozelli .... « C'est encore toi, malheureux ; je te retrouverai donc partout ! voilà
une aumône trop riche pour qu'elle te porte bonheur ! »

Et il le laissa au milieu du chemin, frappé de stupéfaction.

Cependant Joachim, sous la conduite de son précepteur,
était arrivé en haut du mont Cenis, et tous deux y avaient
pris une légère collation offerte par de bons religieux (il n'y
avait point d'auberge alors). Accompagnons-les ensuite jusqu'au pied de la terrible montagne que nous connaissons, à
l'entrée de Suse. A cet endroit, leur cocher déclare vouloir

séjourner pour donner du repos à son cheval harassé de
fatigue. Il conduit ses voyageurs dans le meilleur hôtel, et va
lui-même loger dans une maison plus modeste, ainsi qu'il
l'avait fait à chaque nouveau gîte.

A la fin de la journée suivante, quoique la nuit approchât,
ils remontèrent gaiement en voiture. Leur homme avait décidé que l'on pousserait jusqu'à Avigliano ; c'était un trajet de
trois heures au plus. Ainsi on serait rendus le lendemain de
bonne heure à Turin ; il espérait même pouvoir les conduire
jusqu'à Pancalieri.

Cet espoir avait promptement décidé l'abbé ainsi que son
élève toujours plus enchantés l'un de l'autre, heureux de la
certitude qu'ils allaient vivre ensemble, sans plus jamais se
quitter. Le voyage, comme on le voit, s'achevait sous d'heureux auspices. On causait à cœur ouvert et le bon abbé, dans
sa touchante simplicité, se faisait enfant pour complaire à
l'enfant, auquel il s'attachait déjà sincèrement.

Au balancement régulier de la voiture sur une route unie
comme une allée de jardin, au chant monotone du cocher,
Joachim avait fini par s'endormir, le sourire sur les lèvres ;
l'abbé était tombé dans cet état de demi-sommeil, où tout se
transforme autour de nous. A mesure que les sens s'engour-
dissent, les objets se présentent à l'imagination sous les formes
les plus bizarres, gais ou tristes, gracieux ou effrayants, sui-

vant l'état de l'esprit au moment où cet engourdissement vient
en suspendre graduellement l'activité.

L'abbé était heureux d'avoir à ses côtés un être innocent
et pur, sur lequel il pourrait reporter toutes ses pensées, toutes
ses affections ; heureux de se sentir chargé de former ce jeune
cœur, d'éclairer cette jeune âme ; heureux d'ouvrir à cette
précoce intelligence le trésor précieux des sciences humaines
qui élèvent infailliblement un homme au-dessus de ses semblables ; heureux d'approcher enfin du terme où il pourrait
commencer l'exercice de cette honorable et sainte mission. Il
avait, lui aussi, subi l'influence de la monotonie du voyage ;
il avait senti ses idées se confondre doucement, puis s'effacer
une à une pour faire place, dans son imagination, à une série
de tableaux féériques dans lesquels se transformaient les objets
extérieurs qu'il ne distinguait plus, mais qu'il apercevait encore. Tous ces tableaux étaient riants, animés ; il les suivait
avec intérêt ; il se sentait emporté vers un monde inconnu ;
il sommeillait et commençait un rêve ineffable.....

Tout-à-coup, la voiture s'arrête brusquement dans un lieu
resserré et sauvage ; ce lieu que M. Corsini, peu de temps
auparavant, avait exploré avec tant de soin. A la secousse qu'il
éprouve, il sort de l'engourdissement où il était plongé, il ne
se rend pas compte encore de ce qui se passe ; ses yeux se ferment malgré lui.... Il s'éveille à la fin, prend instinctivement

dans ses bras l'enfant profondément endormi, prêt à fuir en l'emportant. Mais il est saisi de frayeur à l'aspect de deux hommes masqués qui le lui arrachent avec violence, et, le long couteau piémontais à la main, le forcent à descendre seul (le cocher n'était plus sur son siége). Sa terreur était au comble ; il tremble de tous ses membres ; il veut crier ; son gosier contracté ne laisse échapper aucun son. Il sent qu'on l'entraîne hors de la route ; ces terribles couteaux dirigés contre sa poitrine lui glacent les sens, lui ôtent toute idée de résistance. Il est jeté baillonné, garotté, derrière un rocher, et perd connaissance.

CHAPITRE XVI

L'abbé reprend ses sens. — Joachim n'est plus là. — Horrible douleur de M. Robasto. — Des paysans charitables le reconduisent à Suse. — Sa maladie ; son délire.

E lendemain, quand M. Robasto revenu à lui parvint à se traîner sur ses genoux, sur ses coudes, laissant une partie de ses vêtements aux ronces et aux broussailles de ce désert, jusqu'au bord du chemin, tout avait disparu !.... Il n'avait pas encore envisagé tout son malheur : « Joachim ! pauvre Joachim ! Qu'en ont-ils fait ? qu'est-il de- » venu ? Et M. Corsini ! Mon Dieu ! mon Dieu ! ayez pitié de » moi ! Comment l'aborder ? Jamais, jamais ! je n'oserais me » présenter devant lui..... Et sa mère, oh ! grand Dieu ! » pauvre mère ! Elle qui me l'avait remis avec tant de sécu- » rité... qui me l'avait tant recommandé... que faire ? Que » devenir ? Mon Dieu, prenez ma vie, et rendez-lui son en-

» fant .... C'est moi qui ai fait tout le mal par mon impru-
» dence et ma lâcheté... Eh ! quoi ! voyager de nuit chargé
» d'un dépôt si précieux !.... Le laisser enlever d'entre mes
» bras, quand j'aurais dû le défendre au prix de mon sang !..
» Je vous ai offensé, mon Dieu ; j'ai péché par la confiance
» coupable que j'avais en moi-même ; vous m'en avez cruel-
» lement puni... Maintenant je m'humilie devant votre sainte
» volonté. Ne repoussez pas la prière du pécheur, qui achè-
» vera ses jours dans les larmes et le repentir : rendez à une
» mère éplorée cet ange que vous lui aviez envoyé pour la
» soutenir au milieu de ses épreuves et de ses tribulations. »
Et, oubliant les liens qui meurtrissent ses membres endoloris,
il verse d'abondantes larmes ; il se roule dans la poussière
du chemin ; son désespoir est à son comble.

Des paysans qui se rendaient à la ville le trouvent dans ce
pitoyable état ; ils s'empressent de le débarrasser de ses liens.
Touchés de pitié, ils le reconduisirent à Suse, dans l'hôtel
qu'il avait quitté la veille, si content et si sûr de l'avenir qui
s'ouvrait devant lui. Quand il se vit dans cette chambre où
il s'était reposé quelques heures avec l'aimable enfant qu'il
pleurait si amèrement maintenant, sa douleur devint plus poignante encore. Un frisson glacial le saisit ; son sang, dans un
mouvement désordonné, se porta à sa poitrine oppressée ;
sa tête devint brûlante, douloureuse ; un délire violent

se déclara et il perdit le sentiment de sa cruelle situation.

M. Corsini ne voyant point l'abbé revenir à Turin, où, d'après ses calculs, il aurait dû être arrivé, commença à s'inquiéter de ce retard : « Que s'est-il donc passé ? j'ai bien vu » l'enfant de mes propres yeux (nous dirons ailleurs en quel » état il avait aperçu son neveu); point de doute à cet égard. » Mais lui, ce vieillard imbécile, qu'est-il devenu ! Où se sera- » t-il caché, et dans quel but ? » Ce retard imprévu, inexpliqué, le mettait hors de lui... « C'est ici qu'il doit être, sous » ma main, toujours, à toute heure, lui qui devait attester, » au besoin, la tendre affection que je paraissais éprouver » pour mon neveu, les procédés délicats dont il m'a vu en- » tourer ma belle-sœur ; lui que j'avais choisi avec tant de » prévoyance, m'échapperait-il aujourd'hui ? Il me le faut.... » je le veux ! » Et, dans le paroxisme de son exaspération, il s'emportait à des injures grossières et à des blasphèmes insensés.... Ramené par son inquiétude même à un état plus calme, il se mit à examiner sérieusement la situation. Après de mûres réflexions, il se décida, connaissant l'itinéraire de l'abbé, puisqu'il l'avait tracé lui-même à aller avec prudence, à la découverte.

Il trouva sans peine le pauvre abbé, toujours en proie à une fièvre ardente et dans le délire. A l'approche de M. Corsini, au son de sa voix qu'il sembla reconnaître, l'abbé fut pris d'une

violente crise nerveuse à laquelle succéda un état de prostration dont rien ne pouvait le faire sortir. Au bout de plusieurs
heures cependant, ses yeux se rouvrirent, mais fixes et sans
regard ; son front s'éclaira lentement ; ses idées semblaient
renaître.

M. Corsini voulut alors rester seul avec lui. Penché sur le
lit où gisait le malade, attentif à ses moindres mouvements,
il épiait le moment où l'abbé recouvrerait la parole. Il tenait
à connaître, il avait besoin de savoir ce qui était resté dans
ses souvenirs de l'attaque nocturne dont Joachim et lui étaient
victimes.

Enfin, Robasto haletant, la poitrine gonflée, fait, par un
long effort, une longue aspiration et prononce péniblement
quelques paroles sans suite ; il semble prier..... M. Corsini
se penche davantage et lui dit, en amortissant le plus qu'il
peut, le son de sa voix : « Abbé Robasto, m'entendez-vous? »
Le malade semble chercher à comprendre ; fait un mouvement
de tête négatif. — « C'est votre ami Corsini.... » L'abbé devient pourpre, il s'agite, il le repousse du geste ; il se re-
cueille... Sa parole devient subitement intelligible, retentis-
sante, quoique entrecoupée : « Oui, vous êtes Corsini!...
» Qu'avez-vous fait de Joachim? (les paroles de Dieu au
» maudit!).. Et c'est lui qui le demande! Joachim! malheu-
» reux enfant! »

M. Corsini se lève pour s'assurer qu'ils sont bien seuls, visite les portes, tous les coins de la chambre, et revient au lit du moribond, les poings crispés, l'œil en feu, la menace aux lèvres.... L'abbé continuait : « Mon Dieu ! je leur pardonne » selon le précepte de votre sainte loi.... le misérable voitu- » rin !... Oh ! j'ai entendu son nom et je le dirai à tous... » du valet on ira au maître..... le premier coupable sera » connu... Mon Dieu, soyez béni ; vous avez exaucé ma prière; » vous avez eu pitié de ma faiblesse et de ma douleur.... » (Corsini s'approche encore) — Dans votre miséricorde, » vous avez agréé le sacrifice de ma vie en échange de celle » de ce pauvre enfant que vous rendrez à sa mère.... Merci, » ô mon Dieu ! » Et il ajoute d'un ton prophétique : « Votre » justice terrible et inexorable atteindra bientôt..... »

Il n'achève pas !... une main s'appuie violemment sur sa bouche, étouffe sa parole.... sa face devient livide.... son regard s'éteint..... il meurt sous la pression de cette main criminelle !....

Entraînement fatal des passions mauvaises ! Cet homme qui n'a su ni dompter ni vaincre les siennes, est emporté bien au-delà du terme qu'il avait voulu atteindre. Haineux, il avait porté sa haine sur un frère loyal et trop bon ; voilà le début. Habile et froidement perfide, il l'avait forcé, par de miséra- bles discussions politiques, à s'isoler de sa famille. Cupide, il

avait profité de son exil volontaire, pour le réduire au désespoir. Comédien abominable, il avait, par des manœuvres
odieuses, trompé la bonne foi de sa veuve et de ses amis,
faisant servir pour ses projets infâmes jusqu'à la simplicité d'un
vénérable ecclésiastique.

Maintenant il était dans la joie de son cœur : le fils de son
frère était perdu, perdu pour une mère qui ne tarderait sans
doute pas à mourir de douleur. Qu'allait-il devenir, cet enfant?
le misérable jouet de grossiers bandits. Et lui-même, cependant, il était parvenu à se faire une réputation de probité et
d'honorabilité ; dès maintenant, la considération des honnêtes
gens de tout son voisinage lui était acquise ; plus tard il ob-
tiendrait un crédit universel dans le pays, une haute influence.
Où s'arrêterait sa fortune? Contre lui nul soupçon ; rien dans
l'avenir que la révolte improbable, en tout cas peu dangereuse
d'un brigand notoire qu'il saurait bien tenir en respect ou
écraser! Mais quoi! un incident impossible à prévoir, la
frayeur délirante d'un pauvre vieux prêtre moribond, éclate
en mots compromettants ; le nom de son complice a été recueilli ; son propre crime sera révélé! non ; périsse un témoin
funeste!.... Et Corsini s'était abandonné à toute la violence
de son caractère. Dans un moment de fureur, il s'était ouvert
un abîme et avait roulé jusqu'au fond.

Le premier moment fut tout à la stupéfaction, à l'horreur

de son action aussi barbare qu'inutile. Inutile, puisque l'exal-
tation du vieillard n'était que les derniers mouvements d'une
existence prête à s'éteindre d'elle-même. Un instant la pitié
et le remords vinrent effleurer son âme ; mais il les repoussa
bientôt en pensant à la gravité de sa position et aux résultats
qu'elle pouvait avoir. Aussi ne songeant plus qu'à payer d'au-
·dace, il appela du secours, feignit une active sollicitude et
prodigua, devant témoins, les soins les plus empressés pour
prolonger une vie qu'il savait bien déjà disparue. Quand il
lui sembla que cette odieuse comédie s'était prolongée assez
long-temps, il rejeta lui-même le drap sur la tête de l'abbé
en s'écriant : « Tout est fini ; Dieu reçoive cette belle âme ! »

M. Corsini se livra alors aux marques d'une grande douleur. C'étaient des plaintes, des gémissements, du désespoir,
des lamentations empreintes d'un peu d'exagération ; mais
qui l'aurait pensé en l'entendant faire un si grand éloge des
qualités et des vertus du défunt qu'il appelait son ami, en
l'entendant exprimer un regret si profond et, en apparence, si
bien senti ?

Il lui fit rendre, avec une pompe qui édifia tous les assistants, les honneurs funèbres ; veillant lui-même aux moindres
détails. Il aimait tant le pauvre abbé qu'il ne l'avait pas quitté
un instant jusqu'à ce qu'il l'eût vu disparaître dans la tombe et
recouvrir de terre.

Après lui avoir ainsi rendu les derniers devoirs, il courut à Turin et proposa aussitôt une prime qu'il savait bien ne devoir jamais payer, pour que la police fît d'actives recherches dans tout le royaume. Il fournissait lui-même les renseignements, les indications ; il produisait ses soupçons, ses idées, ses conjectures. Les sbires et les carabiniers étaient sur les dents et ne découvraient rien. Ayant beaucoup cherché sans rien apprendre, la police se ralentit peu à peu, confiant à la *Providence* le soin de retrouver l'enfant et de faire découvrir les coupables.

Lorsque M. Corsini eut bien répandu ses plaintes et fait de tous côtés mille bruyantes démarches, il laissa tout doucement calmer sa douleur ; « le temps est un grand maître » ; disaient les bonnes gens de son voisinage.

Alors, les convenances satisfaites, il recommença à se montrer dans le monde.

CHAPITRE XVII

Madame Corsini et ses amis reviennent à Arbois. — L'opinion de M. Desgranges sur l'oncle italien lui est bien favorable maintenant. — Les
pressentiments tristes d'une mère. — Attendons les nouvelles.

ADAME Corsini et ses amis ont été laissés au moment où ils partaient de Lyon pour retourner dans
leurs demeures. Le voyage fut d'abord triste et silencieux : on le comprend. M. et Mme Desgranges lui étaient trop
sincèrement attachés pour ne pas respecter sa douleur. On
lui adressa peu à peu quelques paroles affectueuses ;
vinrent des réflexions sur l'avenir de son fils, sur les motifs
de résignation qu'en mère tendre et courageuse, elle devait
puiser dans le sort brillant qui l'attendait près de son oncle.

« Vous l'avez vu, disait M. Desgranges, cet oncle contre
» lequel je nourrissais de si injustes préventions. Comme il

» est accommodant en affaires ! Comme il s'est montré gé-
» néreux envers vous et votre enfant ! Moi, je l'avoue, je me
» sens séduit par ses manières affables et sa franchise. Mes
» idées sur le gouvernement d'au-delà des monts et sur l'état
» déplorable de l'industrie italienne , se sont trouvées exac-
» tement les siennes. Quant à mon opinion sur leurs gens
» d'affaires, il la partage entièrement. C'est par là surtout
» que j'ai connu son excellent esprit. Vrai ! s'il était ici, — il
» reviendra, ne fût-ce que pour accompagner Joachim qu'il
» ne quittait pas des yeux, et pour passer quelque temps dans
» notre société qui semblait lui plaire, — vrai ! je serais
» homme à lui avouer mes torts et à lui faire sincèrement
» amende honorable. Ma franchise lui plairait, j'en suis sûr ;
» je tiens à son estime, et j'entends la conquérir un jour.

» Et le choix du bon abbé Robasto, reprenait Mᵐᵉ Desgran-
» ges, ne prouve-t-il pas la délicate sollicitude de votre beau-
» frère ? Ne semble-t-il pas s'être principalement préoccupé
» de rassurer votre tendresse et de vous complaire ? Convenez
» qu'il était impossible de mieux réussir, et reconnaissez avec
» moi qu'intérieurement vous lui en savez gré ; non sans
» raison. N'est-ce pas une grande consolation pour vous de
» savoir votre enfant sous la conduite de ce saint homme ?
» Ses principes que vous approuvez et qui , d'ailleurs, sont
» les vôtres , inculqués de bonne heure à votre fils , comme

» ils l'auraient été par vous-même, garantissent, pour l'ave-
» nir, son bonheur et le vôtre. Quel plaisir, en effet, pour
» une mère tendrement aimée de son enfant, de voir qu'il est
» honoré, respecté ; de sentir sur elle-même le reflet et le
» parfum de la considération qui l'entoure, et des vertus qui
» l'honorent ! »

« Et qui sait ? Le digne abbé, qui ne peut manquer de
» s'attacher à votre excellent fils, consentira peut-être, son
» éducation finie, et pour ne s'en point séparer, à venir se
» fixer près de nous : ce serait la bénédiction du ciel descen-
» due sur nous. »

Madame Corsini écoutait avec attendrissement les conseils
et les consolations de ses amis. Touchée de l'intention bienveillante qui les leur inspirait, elle s'y conformait de son
mieux, s'en laissait pénétrer insensiblement et y trouvait du
moins l'assoupissement de sa douleur. « Mes bons amis, leur
» disait-elle souvent, je suis profondément reconnaissante,
» croyez-le bien, des marques d'intérêt dont vous me com-
» blez chaque jour. Oui, je reconnais avec vous tout ce qu'a
» fait M. Corsini pour mon fils et pour moi ; oui, ses procédés
» ont été généreux et délicats ; oui, le digne abbé dont il a fait
» choix mérite toute ma confiance ; mais, pardonnez à la fai-
» blesse d'une mère, je ne puis chasser de ma pensée les craintes
» qui m'obsèdent : je ne puis imposer silence à une voix inté-

» ricure qui me répète sans cesse qu'un danger menace mon
» fils. Quel danger? je l'ignore.... Mes amis, mes bons amis !
» Je lutte de mon mieux ; croyez-le bien. Ne m'abandonnez
» pas dans ma faiblesse ; je vous en prie..... et pardonnez-
» moi. » En même temps des larmes abondantes baignaient
son visage.

Ainsi se passaient souvent les visites entre nos amis ; Madame Desgranges, bonne et sensible, profondément affectée de
la douleur de son amie, partageait, ces jours-là, ses inquiétudes maternelles. M. Desgranges, ébranlé dans sa confiance,
commençait à regretter la part qu'il avait prise dans cette
affaire. Cependant, à mesure que le moment approchait où l'on
pouvait recevoir des détails sur l'installation de Joachim chez
son oncle, chacun reprenait courage. On avait bien eu de
temps en temps de ses nouvelles pendant son voyage ; mais
de simples bulletins, dans le genre de celui-ci : *Tout se passe*
bien; votre cher fils n'est point fatigué; il se porte à merveille.

On comptait les jours sans trop d'impatience ; c'était à qui
se livrerait aux conjectures les plus riantes ; on se représentait le tableau gracieux de l'accueil que recevait l'enfant dès
son arrivée. Chacun s'empressait autour de lui, le comblait
de caresses et en faisait l'éloge à son oncle ravi de la flatteuse
ovation dont il était l'objet. Ses amis, sans doute nombreux,
et ses riches voisins venaient, à tour de rôle, le féliciter.

Tous admiraient son jeune neveu, dont les qualités précoces étaient pour lui le gage certain d'un heureux avenir. Tous le trouvaient charmant et sollicitaient déjà la faveur d'en faire le compagnon et l'ami de leurs enfants du même âge. Ces entretiens se renouvelaient de temps en temps et rendaient Madame Corsini plus calme et plus confiante ; elle y puisait un commencement de sécurité dont ses amis étaient enchantés.

« Attendons les lettres tant désirées, disait M. Desgranges, » elles confirmeront toutes nos espérances. »

« — Mais, reprenait Madame Corsini, ne devraient-elles » pas déjà être arrivées ?

» — Vous oubliez à qui vous avez à faire, répondait son » interlocuteur, avec une gaîté ironique. Oh ! je connais mes » Italiens ; ils n'ont pas, ils critiquent même parfois notre vi-» vacité française. Leur grand précepte dont ils ne se dépar-» tiront pas de long-temps, celui derrière lequel ils retranchent » leur lenteur à se décider et à agir : *Que va piano....* Tout » le monde sait cela ! Et quand il s'agit d'écrire donc ! C'est » bien autre chose !... Oh ! mes correspondants d'autrefois !.. » Ayons donc patience, puisqu'il le faut. D'ailleurs acceptons » la fin de leur éternel dicton : *Que va sano, va lontano,* comme » une lenteur nécessaire, mais de bon augure. » Et Madame Corsini souriait de ses boutades et se laissait, comme lui, aller à l'espérance.

CHAPITRE XVIII

Les malheurs de Joachim ; il est entre les cruelles mains d'Ozelli. — On entraîne l'enfant vers Grenoble. — Horribles menaces qui lui sont faites. — Ses compagnons : le méchant Ambrosio Gastaldi ; la bonne Christina.

MAINTENANT voyons ce qu'était devenu le pauvre Joachim si intéressant et si malheureux. Arraché par les brigands des bras de son précepteur, il avait été rejeté au fond de la voiture, entre deux autres enfants ; mais les membres garottés et la tête couverte d'un lambeau de toile grossière, pour qu'il ne pût rien voir de ce qui se passait et que ces cris ne fussent pas entendus. Ces deux brigands, il n'est pas nécessaire de le dire, c'étaient Gastaldi, le prétendu cocher *rencontré* à Chambéry, et Ozelli, son beau-frère, qui était venu se poster sur son passage, au lieu convenu pendant la conférence nocturne de Chivasso. Ozelli avait amené avec lui son neveu Ambrosio, garçon de douze ans, dont les instincts méchants se manifestaient déjà dans toutes les occasions, et sa fille Christina, à peu près du même âge, d'un naturel doux et simple ; mais obligée, — entourée comme elle l'était, et constamment témoin d'actions qu'elle savait être coupables, — de renfermer en elle-même ses pensées et de refouler dans son cœur ses bons sentiments.

La voiture, après avoir rebroussé chemin pendant quelque temps, se jeta à gauche pour éviter Suse, gagna Exilles, au revers méridional du mont Cenis, puis Villard et Bourg-d'Oisans, sur la route de Grenoble. On y avait laissé le cheval et la voiture que le vieux bateleur fut censé avoir prêtée, qu'il devait reprendre en passant, et rendre plus tard quand on la lui redemanderait. L'équipage, en effet, avait été compris dans le marché de sa ménagerie ; mais avec une clause particulière imaginée par précaution, arrangée contre les recherches qui ne manqueraient pas d'avoir lieu : le bateleur s'en retournant au fond du Ferrarais, son pays natal, c'était un indice matériel important qui échappait aux investigations de la police.

Mais avant de conduire plus loin notre récit, nous reviendrons un peu sur nos pas. Le lendemain de la fatale nuit, le jeune prisonnier et ses ravisseurs étaient, dès le point du jour, aux environs d'Exilles. Avant de s'éloigner des défilés les plus déserts de la montagne, Joachim avait été porté au fond des bois, parmi des rochers, dans un lieu sauvage, à l'entrée d'une caverne. On détache ses liens ; on lui découvre la face ; il ouvre les yeux lentement..... horreur !! Le pauvre Joachim se trouve plié sous le genou d'Ozelli, le regard farouche, le poignard à la main. L'enfant reconnaît l'ancien colporteur Joseph ; il tremble de tous ses membres ; il n'a point oublié le danger qu'il avait couru à Vadans et tout ce qu'en disait son ami Desgranges.

Saisi d'effroi, il reste atterré et sans voix sous la menace du brigand qui lui dit d'un ton dur et irrité : « Te voilà donc en » mon pouvoir, toi dont j'ai subi si long-temps les caprices ; » toi, l'enfant gâté, pour qui rien n'était assez beau dans ma » pacotille et qui m'as fait faire tant de chemin et de sottes » dépenses ; toi, qui m'as valu la poursuite de ce Desgranges » maudit, à qui je dois toutes les misères de ma vie et dont » je me vengerai sur toi ; je le jure. A mon tour maintenant : » je saurai bien te rendre tout le mal que j'ai enduré à cause » de toi. C'est ta faute si j'ai subi une de ces humiliations » qu'un homme ne pardonne pas.... » Le souvenir de ce qu'il avait souffert depuis Arbois jusqu'à Verceil l'obséda, pendant quelques secondes, si cruellement, qu'il faillit ne pouvoir modérer sa rage. Heureusement il réfléchit à bien des choses, et, entre autres, à la nouvelle rencontre du terrible voyageur. Il se contenta de tenir son poignard levé ; mais, avec

d'horribles blasphèmes, il ajouta : « Je suis ton maître main-
» tenant, vois-tu ; et d'abord : à bas les beaux habits ! »
Alors, sans plus de pitié pour ce petit être si fragile et si délicat, il lui arrache ses vêtements et couvre de mauvais haillons
son corps glacé par le froid humide de la montagne :

    « A présent, s'écrie-t-il, tu n'es plus Joachim ; je te le dé-
» fends ; retiens bien ceci : tu t'appelles Joseph, rien que Jo-
» seph ; et ne va pas l'oublier. Si tu as le malheur de te
» souvenir seulement du nom de Joachim, au moindre mot, à
» la moindre plainte qui t'échappe, c'est fait de toi. Tu vois
» ce long couteau (il l'approche des yeux de l'enfant et l'en
» menace d'un air terrible), je te le plonge dans le cœur. »

    Joachim vaincu par la frayeur, courba la tête sans pouvoir
proférer une seule parole. Honteux de se sentir presque nu
sous son misérable accoutrement, il suivit son bourreau près
des deux enfants auxquels Ozelli recommanda, sous peine d'un
dur châtiment, de ne le jamais perdre de vue, et de l'habituer sans retard et sans observations ni plaintes à leur genre
de vie.

    Le fils de Gastaldi, Ambrosio, effronté polisson, l'œil hardi,
la face sordide, la chevelure en désordre, s'était avancé vers
ce nouveau compagnon qui ne put retenir un mouvement de
dégoût.... L'autre se mit à pousser un éclat de rire haineux.
Insultant à l'air timide et embarrassé de Joachim, il se promit

bien de faire de lui sa victime ordinaire, le jouet de tous ses caprices et le but de toutes ses méchancetés.

Quant à la petite Christina, chétive créature, ses traits réguliers, son air résigné et bon, sous ses vêtements délabrés, son œil sympathique et doux inspiraient la confiance ; Joachim s'approcha comme pour lui demander secours. Elle lui fit comprendre par un aimable regard aussitôt éteint, qu'elle le protégerait, mais qu'il fallait être prudent. Déjà, pendant la nuit, elle l'avait garanti contre les cahots de la voiture et avait réchauffé ses pauvres mains d'un souffle bienfaisant.

On repartit bientôt, serrant au plus près le bord des bois, autant que, dans ces contrées agrestes et peu fréquentées, l'état des chemins pouvait le permettre. Ils ne sont en effet praticables que pendant quatre ou cinq mois de l'année, depuis le moment où la fonte des neiges permet aux pasteurs de revenir dans ces régions élevées où croissent en abondance des plantes aromatiques et savoureuses qui donnent à la chair de leurs troupeaux une qualité si exquise.

Vers le milieu de la journée, on se trouvait dans les environs d'un immense pâturage, couvert d'un nombreux troupeau errant au loin sous la surveillance des bergers et de ces chiens des Alpes, si beaux, si intelligents, si courageux, si terribles à l'ennemi, si bons aux animaux confiés à leur garde, si attentifs à ramener ceux qui s'égarent, à encourager les faibles, lorsque chassés par les vents glacés du Nord, ils reviennent en toute hâte sous des cieux plus cléments.

Quelques chalets épars sur la montagne étaient destinés à abriter les fourrages et à recueillir le troupeau en cas de mauvais temps ; d'autres, plus solides et mieux clos, servaient de retraite au pasteur et à ses bergers. C'est de ce côté qu'Ozelli envoya les enfants, les menaçant de sa colère s'ils revenaient sans rien rapporter.

Ambrosio habitué à ces sortes d'expéditions partit leste-ment sans se faire répéter l'ordre de son oncle, bien sûr que, d'une façon ou de l'autre, il ne reviendrait pas les mains vides. Il se dirigea avec précaution vers les chalets les plus éloignés. Christina tremblante devant la menace de son père, s'en alla la tête basse et bien malgré elle ; elle avait déjà éprouvé sa brutalité et savait qu'il fallait lui obéir, même au prix d'une honteuse action. Joachim qui n'avait rien compris à cet ordre restait immobile et interdit, ne sachant ce qu'il devait faire ; Ozelli s'en aperçoit et lui montrant du doigt Christina qui s'é-loigne, le pousse avec violence, le juron à la bouche... « Viens, lui dit-elle tout bas, et fais ce que tu me verras faire. Si l'on t'inter-roge, réponds que tu es mon frère, ou tu es perdu ; rien ne pour-rait te sauver. » Elle le conduisit à l'entrée du chalet principal, celui du maître du troupeau, sans doute ; elle s'arrêta humble-ment devant la porte, tenant son petit protégé par la main.

Le pasteur, homme charitable, les avait aperçus de loin ;
il vint à eux et leur dit d'un air de bonté et de bienveillance :
« Venez, pauvres enfants ; entrez dans ma demeure ; ré-
» chauffez-vous à mon foyer ; reposez vos membres fatigués,
» car vous êtes faibles tous deux. Vous avez faim, je le vois.
» Voici du pain ; voici du lait ; buvez et mangez. Ne soyez
» point si honteux et si timides devant moi ; les pauvres qui
» se présentent au seuil de ma maison y sont toujours bien
» venus ; c'est Dieu qui les envoie ; c'est à moi de lui en
» rendre grâce et de bénir son saint nom. »

Quand il les vit bien rassasiés, il leur dit avec douceur :

— Comment vous nommez-vous mes enfants ?

— Moi, je me nomme Christina et voici Joseph, mon plus
jeune frère.

Joachim baissa les yeux en rougissant de honte : c'était la
première fois qu'il entendait mentir.

— D'où venez-vous ?

— De bien loin dans l'Italie ; mon père est là-bas, au pied
de la montagne, qui nous attend, il nous a envoyés implorer
votre charité pour que nous puissions continuer notre voyage ;
car nous sommes bien pauvres !

Joachim rougit de nouveau.

— Votre père est jeune, sans doute ; est-il laborieux ?

— Oh ! oui, Monsieur ; il va souvent chercher de l'ouvrage

au loin ; car, dans notre pays, son travail ne peut suffire pour nous tous, et chaque fois qu'il revient, l'abondance renaît chez nous pour quelque temps.

— C'est bien, mon enfant ; demandez à Dieu que, cette fois encore, il bénisse son travail, et, tôt ou tard, il trouvera dans la justice divine la récompense de ses œuvres.

Ce fut au tour de la pauvre Christina de rougir et de baisser les yeux ; car elle avait conscience de la méchanceté de son père.

— Tenez, mes enfants, dit l'homme charitable ; portez-lui ceci ; c'est tout ce que je puis vous donner.

Et il donna à Christina une forte tranche de ces énormes pains que les bergers apportent avec eux en revenant à la montagne, et qui ne sont pas renouvelés de toute la saison. Il y ajouta un quartier de chèvre séché sous son âtre, à la fumée des arbres résineux qui, seuls, végètent sur ces hauteurs. Les deux enfants s'inclinèrent et redescendirent, les larmes aux yeux et le cœur plein de reconnaissance.

Arrivés dans un pli de terrain où ils ne pouvaient être aperçus, ils s'arrêtèrent et Christina fit reposer son compagnon, car il était bien fatigué ; elle lui dit :

— Tiens, Joseph.... Oh ! il faut tout de suite t'habituer à ce nom et m'appeler ma sœur.... ta vie en dépend !... Tiens, mon frère, prends la moitié de l'aumône que nous venons de

recevoir : mon père en te voyant ainsi croira que c'est toi qui
l'as obtenue et ne te maltraitera pas.

— Je veux bien que l'on m'appelle Joseph, quoique ce nom
me soit odieux depuis que ton père, sous ce nom, a voulu
m'enlever à ma bonne mère et à mon ami Desgranges ; je veux
bien t'appeler ma sœur, car toi aussi tu es bonne pour moi
et je sens que je t'aime déjà.... Mais mentir ! je ne le pourrais
jamais.... On ne t'a donc pas dit que c'est offenser Dieu ;
que le menteur se rend méprisable aux yeux de tout le monde.

— On ne m'a pas instruite comme toi, Joseph ; on ne m'a
rien dit de tout cela ; et cependant quand je t'ai vu rougir,
j'ai pensé que je faisais mal et j'ai rougi comme toi. Souvent
j'ai obéi malgré moi aux ordres de mon père. Il me semble,
et j'en suis parfois effrayée, qu'il y a au dedans de moi comme
une voix qui me parle ; elle me gronde ; puis elle se tait....
et j'obéis.

— Je sais ce que tu veux dire ; il faut l'écouter cette voix...
Chaque fois que je lui ai obéi, comme maman me l'a conseillé,
il s'est trouvé que j'étais content de moi et que je n'étais
jamais grondé.

— Que tu es heureux de savoir ces belles choses, mon
frère ! mais tu n'as pas connu la misère, toi ; tu ne sais pas
quels mauvais conseils elle donne ; c'est elle, vois-tu, qui fait
taire cette voix que j'écouterais si volontiers ; mais qui, cha-

que jour, se fait entendre moins souvent et finira, je le sens,
par s'éteindre tout-à-fait.

— Je ne puis t'expliquer cela, ma sœur. Ah ! si maman
était là ! C'est elle qui saurait bien... Eh ! j'y pense... quand
nous serons seuls, comme en ce moment, je te répéterai mot
pour mot tout ce qu'elle me disait des devoirs des enfants
envers Dieu, envers les parents, envers eux-mêmes et le
prochain.

— Cela devait être bien beau.

— Oui, va, et je n'en perdais pas un mot... et qui sait ?
si un jour je pouvais la retrouver, tu viendrais près d'elle...

— Tais-toi, tais-toi, Joseph ! si l'on nous entendait...

Au même instant, une voix éclate, répétée par les échos de
la montagne : « Christina ! Joseph !... si je vais à vous ! »

— C'est mon père !... il est en colère ; vite, vite descen-
dons ; prends ton petit paquet... pas un mot de ce que nous
avons dit... Sois patient et compte sur moi.

— Oui, ma sœur, répond Joachim tremblant de tous ses
membres ; j'obéirai et tu m'aideras à...

— Silence donc ! et courons.

CHAPITRE XIX

Un exploit d'Ambrosio, jeune voleur de la plus grande espérance. — Les victimes innocentes; une scène d'égorgement — Représentation donnée à Grenoble, devant l'hôtel des Ambassadeurs, par la troupe ambulante d'Ozelli. — L'oncle spectateur et le neveu exécutant.

ES enfants eurent bientôt rejoint les deux hommes dont la colère s'apaisa devant leur air soumis et craintif, et surtout à la vue des bonnes provisions qu'ils rapportaient. Ambrosio n'était pas là ; mais on ne l'appela pas, lui ; on partit sans s'en occuper. Joachim ne savait que penser de cet abandon ; il allait peut-être en parler... Christina, devinant sa pensée, porta furtivement le doigt sur sa bouche et Joachim garda le silence.

Les deux hommes avaient hâte de s'éloigner des confins du pâturage ; ils semblaient préoccupés, regardaient à droite et à gauche et pressaient leur cheval le plus qu'ils pouvaient.

Un gros sac que Joachim n'avait pas encore remarqué était
au fond de la voiture ; il était taché de sang ; nouveau signe
de Christina ; silence de Joachim ; mais sa figure se décom-
pose ; elle exprime la plus profonde terreur ; que pouvait contenir cette toile ?

Un peu plus loin, Ambrosio apparaît sortant d'un épais
fourré, portant un sac tout semblable qu'il présente à son père,
en faisant ses gambades et ses grimaces habituelles. Les
deux hommes le félicitent ; le sac jeté à côté de l'autre s'agite
un instant. Notre pauvre petit ami se presse contre Christina
qui a peine à contenir son émotion. Le gîte est encore assez
éloigné et l'on a grande hâte de s'y voir.

Lorsqu'on y arriva enfin, la nuit était close ; on s'arrêta à
l'entrée de la petite bourgade et les deux hommes s'y rendirent, laissant la voiture à la garde des deux enfants. Joachim, toujours plus tremblant, n'osait interroger Christina
qui, de son côté, ne savait comment s'y prendre pour l'instruire
de ce qui se passait. Autrefois elle l'aurait dit naïvement,
comme une chose toute simple ; mais elle avait rougi le matin
devant Joachim, pour un léger mensonge ; le peu de paroles
qu'elle avait échangées avec lui portaient déjà leur fruit, ré-
veillaient sa conscience ; elle se sentait toute honteuse devant
Joachim et n'osait avouer qu'un vol avait été commis. Heureuse influence d'une nature honnête : le vol qu'elle avait vu

commettre tant de fois avec indifférence, auquel elle avait même participé sans trop de contrainte, lui apparaissait maintenant dans toute sa laideur ! Le changement qui s'opérait en elle prouvait une fois de plus combien sont merveilleuses les voies de la Providence. Elle avait ressenti de la pitié pour un pauvre petit enfant arraché des bras de sa mère ; ce sentiment était peut-être le seul bon qui lui restât, tant elle avait été entourée de funestes exemples ; eh bien ! Dieu l'en récompensait aussitôt en laissant près d'elle cet enfant, son protégé, qui va devenir son bon ange, cet enfant qui, sans se douter de sa bonne œuvre, inspiré par sa seule innocence, la ramènera vers le bien.

Les brigands revinrent suivis d'un homme à figure repoussante ; il avait les bras nus ; un tablier dégoûtant entourait ses reins ; un large couteau pendait à son côté. On sortit les sacs de la voiture ; Joachim détourna instinctivement les yeux ; Christina en fit autant ; ils entendirent vider les sacs, et deux corps tomber à terre en rendant un bruit sourd. Ils entendirent débattre le prix d'un marché ; puis compter de l'argent ; puis un faible cri et plus rien... Quand, sur l'ordre d'entrer enfin dans le bourg, ils se retournèrent, il y avait sur la terre une mare de sang, et deux cadavres d'animaux étaient étendus aux pieds du vilain homme : un pauvre jeune agneau qu'il venait d'égorger et un grand mouton déjà tué précédemment par Ozelli ; l'un et l'autre volés sur le troupeau du brave pasteur qui s'était montré si charitable le matin.

Joachim avait compris ; Christina baissait la tête sans oser le regarder. Il la prit par la main, éprouvant à son tour de la pitié pour elle ; tous deux s'acheminèrent ainsi, sans proférer une seule parole. Mais qu'auraient-ils pu se dire ? Christina était humiliée ; Joachim se rapprochait d'elle pour l'encourager dans ses bons sentiments ; que fallait-il de plus ? Il s'établissait entre eux une entente qui allait les affermir dans leur résignation.

Le voyage s'acheva sans autre incident remarquable : toujours même brutalité envers Joachim ; même impassibilité de sa part, encouragé qu'il était par l'exemple de Christina et surtout par la pensée intime, incessante, qu'un jour il retrouverait son oncle... pauvre petit !... et serait rendu à sa mère. Cet espoir confiant était la seconde récompense de la tendre affection qu'il lui portait et du recueillement avec lequel il avait écouté jadis ses sages conseils.

A Grenoble, Ozelli et Gastaldi prirent possession de la ménagerie du vieux bateleur, et, le même jour ils se livrèrent à leur nouvelle industrie. Le soir, la troupe se retira dans une misérable auberge des faubourgs. Comment peindre l'état de Joachim quand il se vit, lui, comme les deux autres enfants, obligé de coucher dans une étable où l'on avait enfermé les animaux, retenus, il est vrai, par une chaîne, mais terribles encore, lui semblait-il? Que l'on se souvienne de son âge, de la manière dont il a été élevé, et l'on pourra sans peine se rendre compte de ce qu'il doit souffrir.

Lorsque la lumière reparut, Ozelli commença ses préparatifs pour une première grande exhibition. Bientôt la troupe se mit à parcourir les rues de la ville. En allant et venant, elle passa plusieurs fois devant l'*Hôtel des Ambassadeurs*, et finit par s'arrêter sur la place où ce grand hôtel étend sa façade.

M. Corsini, nous le savons, logeait en cet endroit : comme un voyageur de distinction, il occupait un bel appartement. S'il avait cru trouver là, au milieu du confortable, le repos de ses fatigues, cet homme avait compté sans un hôte terrible, — non pas l'hôte de la maison, prévenant et joyeux, — mais le remords qui, chaque nuit, presque à heure fixe, venait s'asseoir au chevet du coupable égoïste. Au moment où le silence régnait autour de lui, où la ville entière était paisible et endormie, M. Corsini s'éveillait en sursaut, au milieu de rêves effrayants, haletant et baigné de sueur. Pendant le jour, au moindre bruit qui se faisait dans la rue, il courait à sa fenêtre, écartait soigneusement ses rideaux, craignant, quoi qu'il ne passât personne, d'être aperçu ; puis il retournait soucieux au fond de sa chambre où le suivaient, attachées à lui, l'inquiétude et la fureur.

10

Le jour où Ozelli s'installa devant l'hôtel, un bruit inusité se produisit sur la place ; il se forma un grand cercle composé de spectateurs de bas étage. Les deux associés commençaient leurs débuts. Un chameau tournait dans l'intérieur du cercle pour maintenir à distance les curieux ; un singe perché sur l'une de ses bosses ou sautant de l'une à l'autre, faisait mille grimaces aux assistants ; un ours attendait tristement l'invitation de se livrer à ses exercices accoutumés. Une musique discordante était exécutée par les enfants qui, eux aussi, manquaient de pratique.

Placés comme ils l'étaient, ils ne pouvaient être aperçus de M. Corsini, qui, sans doute, attendait cette représentation, car il s'approcha de sa fenêtre, en prenant mille précautions, afin de n'être pas vu lui-même. Il écarta ses rideaux, tendit un regard avide ; rien, rien ! La troupe était placée trop près pour que l'on pût la voir en plongeant les yeux vers la rue.

Dans son impatience, M. Corsini entrouvre lentement la croisée, avance un peu la tête, puis encore un peu ; il voit enfin deux enfants, un garçon et une fille, s'évertuant de leur mieux ; son corps se penche en dehors ; il distingue un troisième enfant, délicat, couvert de haillons, triste, abattu, essayant, sous les yeux d'un homme à figure sinistre, de faire sonner un triangle qu'il frappe à peine de sa baguette de fer...

L'homme le pousse durement et le menace du geste et de la voix. L'enfant gémit tout bas et lève les yeux comme pour demander du secours au ciel.... Alors ils deviennent fixes, hagards.... Joachim (car c'était lui) reconnaît son oncle, pousse un cri, tend les bras..... horreur! la vision a disparu et l'odieux bateleur emmène plus loin sa troupe étonnée, tout en frappant le pauvre Joachim.

M. Corsini, cœur dur, âme féroce, ne voit dans cette scène déchirante, dans l'état pitoyable et désespéré du pauvre innocent, dans les rudes traitements qu'il endure, lui si heureux et si confiant naguère, que la servile exécution de ses ordres. Certain désormais de la ponctualité de ses agents et du succès de ses odieux desseins, il peut marcher librement dans la voie qu'il s'est tracée ; son triomphe est assuré.

Sans plus s'inquiéter de rien et sans se presser, il se dirige deux ou trois jours après sur Briançon, passe le mont Genèvre et le col de Sestrières, pour descendre sur Fénestre et Pignerol. Tout en courant la poste, il essaie de se féliciter, et, seul au fond de sa berline, pousse par instants quelques exclamations presque joyeuses dont le sens se perd dans le bruit de la marche. Une fois cependant il s'écrie avec une sorte de mauvaise humeur : « On conviendra que cet Ozelli est un effronté voleur. » Que signifiait cela? le voici : Dans un accès d'avarice, M. Corsini venait de se rappeler le piteux aspect de la ménagerie qu'il avait vue à Grenoble, et ne pouvait s'empêcher de frémir sur la somme énorme qu'Ozelli lui avait extorquée pour ce vilain achat. Mais ce chagrin passa comme un nuage.

Laissons M. Corsini rentrer dans son château et attendre, dira-t-il à tout le monde, « son cher et aimable neveu confié par sa mère et par lui à la prudence de l'abbé Robasto. »

CHAPITRE XX

Madame Corsini reçoit une lettre de son beau-frère qui lui annonce la
disparition de Joachim. — Quel coup terrible ! — M. et Mme Desgranges
n'abandonnent pas leur amie dans sa douleur.

ADAME Corsini, pendant les tristes épreuves de
Joachim, était plongée dans une douleur immense,
inconsolable. Elle aurait moins souffert, peut-être, si
elle avait eu la certitude que Dieu l'avait appelé à lui. Sa résignation à la volonté du souverain Maître, la pensée qu'un
ange priait pour elle au pied de son trône, auraient pu relever
son courage et tarir peu à peu la source de ses larmes ; mais
l'avoir perdu dans une si mystérieuse catastrophe... ignorer
son sort ! Suivre une idée constamment pénible ; le voir en
proie à mille dangers, au besoin, à la misère ! Le sentir
souffrant, malheureux et ne pouvoir aller à lui, le protéger,

le consoler, lui prodiguer ses soins ! Cruelle incertitude, angoisse sans fin qui la suivait partout ; plaie toujours saignante qui lui rongeait le cœur incessamment, sans espoir d'en être soulagée ! Est-il au monde une affliction comparable à celle de cette pauvre mère ?

M. Corsini venait en effet de lui annoncer le malheur arrivé à Joachim :

« Pleurez, malheureuse mère, écrivait-il, sur le sort de cet
» enfant que je pleure moi-même comme mon propre fils. Ne
» le voyant pas arriver, inquiet, hors de moi, craignant que
» mon bien-aimé neveu n'eût éprouvé quelque accident ou
» ne fût tombé malade en route, j'ai couru au-devant de lui,
» interrogeant les voyageurs sur les chemins, m'informant à
» chaque relais, lorsqu'enfin j'ai trouvé dans une hôtellerie,
» apporté par des inconnus, saisi de fièvre par la frayeur, le
» trop faible abbé Robasto, cet homme que j'avais choisi avec
» tant de soin, honoré de votre confiance ; mais qui aurait pu
» croire à tant de pusillanimité? Il était agonisant et ne pro-
» férait plus que des sons inarticulés ou ne prononçait que des
» paroles sans suite. Je n'ai pu recueillir que ces mots : bri-
» gands…. fatale faiblesse… Joachim arraché de mes bras…
» cher enfant….. malheur à moi…. pauvre mère!… Mon
» Dieu! acceptez mon sacrifice…. rendez-lui son enfant….
» Et il a expiré entre mes bras, sans que j'aie pu recueillir de

» sa bouche d'autres indications ni d'autres renseignements.

« Je me suis alors livré aux plus actives recherches ; toute
» la police du royaume est sur pied. Oh! nous le retrouve-
» rons, dût ma fortune y passer toute entière... et malheur
» aux coupables, je le jure! »

M. et Mme Desgranges avaient reçu communication de
cette lettre et étaient aussitôt accourus, bouleversés, hors
d'eux-mêmes, outrés d'indignation, près de leur malheureuse
amie. Mme Desgranges se jeta dans ses bras, éclatant en sanglots, inondée de larmes....

« Malheur sur nous, s'écria-t-elle.... Joachim, enfant bien-
» aimé... Joachim nous est enlevé.. . douleur affreuse! Lui
» si doux, si affectueux et que nous aimions tant! sort cruel !..
» pauvre, pauvre mère... terrible épreuve que le ciel vous
» envoie, à vous si méritante et si pieuse. Comptez sur nous
» dans votre affliction ; comptez sur vos amis ; ils ne vous
» abandonneront pas. » Madame Corsini affaissée par la douleur ne pouvait que lui serrer la main et laisser de nouveau
couler ses larmes.

M. Desgranges, lui, marchait avec agitation, la fatale lettre à la main. Il la relisait attentivement, en pesait tous les
termes, les comparait entre eux et cherchait sous ces phrases,
tantôt froides et arides, tantôt emphatiques, comme peuvent
l'être des paroles fausses, un sens caché qui lui vînt en aide

pour la découverte de la vérité ; car il était obsédé de doutes importuns, incessants, qu'il ne communiquait pas, mais qu'il ne parvenait pas à éloigner de son esprit :

« Joachim a été enlevé ; pourquoi ? dans quel intérêt ? quel
» est le coupable ? Tout est là ; mais de quel côté me viendra
» la lumière ? Quelle direction donner à mes pensées ? Voyons,
» essayons de relire encore..... Il va au-devant de l'enfant et
» ne trouve plus que le malheureux abbé expirant. Et l'enfant !
» qu'est-il devenu ? Il conclut de quelques paroles sans suite
» prononcées par l'abbé, au milieu de son délire, que l'en-
» fant a été enlevé par des brigands. Personne ne les a vus ;
» on ne retrouve d'eux aucunes traces.... Il serait donc en-
» core vivant.... qu'en ont-ils fait ? Quelque machination in-
» fernale serait-elle cachée là-dessous ? »

Cet excellent homme, en réfléchissant ainsi se tourmente, s'agite ; son front se couvre de sueur ; tout-à-coup, il s'arrête immobile ; une idée vient d'éclore dans son cerveau ; il la saisit au passage, il y porte toute son attention ; une lueur d'espérance vient d'éclairer son visage. Il comprend dans sa délicatesse qu'il ne doit pas donner à la mère affligée un es- poir qui pourrait être déçu, il ne communiquera pas sa pensée, mais il s'y affermit et s'avançant près des deux dames, il prononce ces seuls mots :

— J'irai moi !....

Madame Corsini en éprouve une vive commotion ; elle avance ses mains jointes comme dans une prière à Dieu :

— Soyez béni, dit-elle.

La force lui manque ; elle ne peut exprimer plus longuement sa reconnaissance pour tant d'amitié.

Madame Desgranges se lève, presse les mains de son mari ; elle aussi le bénit dans son âme :

— Bien, lui dit-elle à son tour, bien, bien, mon ami ; je reconnais là ton bon cœur.

Son regard exprime l'amour, l'admiration ; elle est fière d'être la femme d'un tel époux.

— Oui, pars ; ayons foi en la Providence ; puisse-t-elle, non te soutenir, tu n'en as pas besoin, mais te guider dans ta résolution !

Le même jour ils emmenèrent avec eux Madame Corsini. On convint qu'elle passerait avec son amie tout le temps de l'absence de M. Desgranges, qui se mit en route dès le lendemain.

A mesure qu'il approchait du terme de son voyage, il retrouvait toute son ancienne antipathie contre les Piémontais et particulièrement contre M. Corsini, qu'il accusait d'être la cause première et unique du malheur de Joachim et de sa mère.

« J'avais bien raison de me méfier de lui comme de tous » les autres, se disait-il ; mes pressentiments ne me trom-

» pent jamais, moi ! Et j'aurais tenu ferme malgré les avan-
» tages de la transaction, malgré les cajoleries de cet homme...
» Mais les femmes ! Oh ! les femmes, quelle faiblesse !... La
» mienne surtout... Je ne me pardonnerai jamais d'avoir flé-
» chi devant ses raisonnements ! Que dis-je ? Devant son
» manque de caractère. Moi, je n'aurais pas cédé ; mais elle
» qui connaissait mes doutes et mes scrupules, elle avait dis-
» sipé une à une les défiances de son amie ; c'est elle, c'est
» bien elle qui a entraîné le consentement de la malheureuse
» femme. Qu'aurais-je pu faire alors ? Essayer de renverser
» des raisons présentées de bonne foi et avec tant d'apparence
» de sagesse ; essayer de lutter contre elle dont le jugement,
» je le reconnais, est ordinairement si juste ; jeter du doute
» dans un cœur où commençait à s'épanouir une si douce
» espérance ? Franchement je ne le pouvais pas. J'ai manqué
» de force un instant et j'en ai honte, j'ai fait taire mes scru-
» pules et mes pressentiments ; j'ai même poussé la condes-
» cendance jusqu'à faire, à leur exemple, bon accueil à
» M. Corsini ; et voilà où nous a réduits ma faiblesse ! Mais
» ici je suis seul et n'ai plus d'influence à craindre ; je rentre
» dans mon caractère. Je réparerai ma faute et je jure bien
» de ne m'en rapporter qu'à moi dans tout ceci. »

Et le digne homme, mécontent des dames et de lui, récriminait contre tous trois, oubliant dans son chagrin qu'il n'a-

vait fait qu'obéir à l'impulsion de son bon cœur et accepter, comme certaine, la perspective brillante qui s'offrait à la mère et à l'enfant auxquels il avait voué la plus cordiale amitié. Il arrive ainsi bien résolu à se garantir contre toute faiblesse et toute séduction nouvelle.

Quand on annonça M. Desgranges, M. Corsini était en grande conférence avec ses conseillers les plus intimes ; conférence bien importante en effet puisqu'il s'agissait de son fameux procès dont nous avons plusieurs fois parlé. Disons-en enfin l'objet, ce qui servira à éclaircir quelques passages de notre histoire : Un parent éloigné avait laissé une énorme fortune consistant en rizières établies dans le Milanais et les contrées voisines. Cette succession appartenait aux deux frères Corsini. Le plus jeune, père de Joachim, resté en France dans une sorte d'exil, n'en avait pas eu connaissance ; l'aîné, profitant des circonstances politiques, était parvenu à faire prononcer le séquestre sur l'ensemble, sous la réserve des ayants-droit. Les affaires en étaient là au moment de la mort de son jeune frère ; mais il restait encore un obstacle à ce qu'elle lui échût toute entière. Cet obstacle, nous le connaissons, et cette connaissance nous explique les motifs de la conduite de M. Corsini aîné.

Mais suivons cette rapide exposition des faits : Nous avons vu le juge près d'appointer cette cause, M. Corsini obtenant qu'elle fût reportée à une époque indéterminée. Son neveu ayant disparu, l'habileté de la police étant déclarée infructueuse, il se disposait à demander la levée du séquestre ou tout au moins (que l'on nous pardonne ces grands mots de procédure !) l'envoi en possession de sa part et l'administration provisoire du surplus.

Mais comment l'obtenir du juge, l'absence, pour cause de rapt du mineur ayant-droit, n'étant affirmée que par lui Corsini, partie intéressée, et par les rapports de police constatant que ses recherches n'ont amené que des résultats négatifs?

Tel était l'objet de la délibération. Le conseil abusé par le langage de M. Corsini, tournait de bonne foi ses méditations du côté de la France. Trouverait-on là un point d'appui dans la circonstance actuelle? Solliciterait-on une enquête dans ce pays? C'était s'exposer à des retards interminables, pleins de préjudice pour M. Corsini.

C'est au milieu de cette incertitude que l'on vint annoncer l'arrivée inattendue de M. Desgranges. A cette nouvelle, tous les regards se portèrent sur M. Corsini. D'agité qu'il était auparavant, il devint calme et réfléchi. Sans doute un nouvel ordre d'idées se présentait à son esprit; car il dit à ses avocats : « Nous reprendrons plus tard notre délibération ; cet » homme nous apporte peut-être la lumière. Je vais le rece- » voir et lui faire bon accueil. »

M. Desgranges s'était, comme nous l'avons vu, un peu battu les flancs pour se donner un air ferme et décidé ; M. Corsini fit semblant de ne pas s'en apercevoir. Il l'accueillit avec autant de politesse affectueuse que d'empressement. Il lui serrait les mains ; il le remerciait d'être venu le consoler dans une circonstance aussi pénible. « J'avais, s'écria-t-il, besoin de » voir près de moi un ami tel que vous qui êtes celui de toute » la famille, vous qui épousez si chaudement les intérêts de » tous. Vous ne refuserez pas, mon ami, ajouta-t-il avec at- » tendrissement, de vous adjoindre à un oncle éploré, dans » les recherches incessantes auxquelles je me livre pour dé- » couvrir enfin le sort de mon bien-aimé neveu. » M. Desgranges, comme il se l'était promis, accueillait toutes ces protestations avec réserve ; il était d'ailleurs sur ses gardes, connaissant par expérience et pour avoir vécu au milieu d'eux, les grandes démonstrations auxquelles se livrent les Italiens, ainsi que nos méridionaux, dans les circonstances les plus insignifiantes. Aussi répondit-il avec un calme qui étonna et inquiéta d'abord M. Corsini : « Je me joindrai à vous de » grand cœur et je m'associe à toutes vos démarches. A » force de soins et de peine, nous le retrouverons ; car il est » vivant, n'est-ce pas ? »

M. Desgranges, en disant ces mots, regardait fixement M. Corsini. Mais déjà le fourbe avait eu le temps de deviner qu'il avait affaire à un ennemi, tout au moins à un homme prévenu. Appelant donc à son aide toutes ses ruses, il composa son visage et sa voix, puis répliqua en soupirant :

— Puissiez-vous dire vrai !

— Pardon, Monsieur, je l'avais espéré ainsi d'après votre lettre.

— Cher M. Desgranges, pouvais-je écrire autrement à ma belle-sœur? Dites, qu'auriez-vous fait à ma place? Auriez-vous consenti à porter tout d'un coup le désespoir dans le cœur de cette infortunée ?

M. Desgranges hésita. L'autre qui s'aperçut de ce premier avantage, reprit avec plus de componction : « D'ailleurs cette » espérance que je lui ai laissée, je la partage moi-même. Ma » tendresse pour l'enfant m'en fait un besoin auquel je m'at- » tache dans notre malheur commun ; je ne me déciderai » jamais à y renoncer. Et si vous voulez savoir toute ma » pensée : Oui, j'espère encore ! Mais cette pensée, je ne » pouvais la confier qu'à vous ; ne dois-je pas ménager la » sensibilité de ma belle-sœur?

» Les brigands italiens n'enlèvent le plus souvent que pour » obtenir une rançon : mes démarches, celles que nous allons » faire ensemble, leur donneront l'éveil. Ils comprendront à » qui l'enfant appartient et je m'attends, d'un jour à l'autre, » à recevoir des nouvelles qui nous mettront à tous la joie

» au cœur ; car, vous en êtes certain, il n'est rien que je ne
» sacrifie pour le rendre à notre amour. Je vous en conjure,
» cher ami, que tout ceci reste absolument entre nous. »

A ce moment, M. Corsini ne douta pas qu'il n'eût, en
partie, dissipé les doutes du vieillard ; il continua donc avec
une feinte chaleur : « Nous avons, vous et moi, le même but
» et la même volonté ; nous agirons de concert. Je vous met-
» trai au courant de tout ce que j'ai fait jusqu'ici ; vous en
» jugerez vous-même ; or, comme on dit dans votre pays :
» deux avis valent mieux qu'un.

» Nous aurons souvent à nous concerter sur ce qu'il y aura
» à faire, à nous communiquer nos idées, à nous entendre...
» Descendez chez moi : nous serons ainsi en mesure de nous
» voir chaque jour, à toute heure, tout en conservant votre
» liberté d'action ; car c'est ainsi que j'entends la véritable
» hospitalité. Vous m'aurez toujours sous la main pour tous
» les renseignements et toutes les protections dont vous pour-
» rez avoir besoin. »

M. Desgranges aurait eu mauvaise grâce à refuser l'invitation. Il réfléchit, en même temps, qu'ainsi placé, il pourrait
aisément surveiller toutes les actions de son hôte et remplir
en conscience la mission qu'il s'était donnée. Quant à M. Corsini, toutes ses inquiétudes étaient dissipées ; il devenait maître de la place ; il acquérait l'auxiliaire qui lui manquait du

côté de la famille française et donnait aux affaires la direction la plus favorable à ses propres intérêts.

Dès le lendemain matin, il présenta son hôte au chef de la police ; il fit un grand éloge de « son respectable ami de France, représentant de sa tendre et vénérée belle-sœur » ; il demanda pour lui toute assistance dans la tâche qu'il entreprenait si généreusement. L'officier de justice s'empressa de répondre à M. Desgranges que l'on ne négligerait rien, et lui donna en outre l'autorisation d'entrer à toute heure dans ses bureaux, de prendre connaissance de tous les rapports et d'indiquer lui-même la direction qui lui semblerait la meilleure.

Aussi était-il enchanté de ce premier résultat ; et, le jour même, il écrivit à sa femme une longue lettre pleine de détails sur son entrevue avec M. Corsini, sur l'accueil qu'il avait reçu à la police ; il donnait d'avance quelques encouragements à leur amie, et annonçait qu'il allait aussitôt se mettre à l'œuvre. Il se trouvait rempli d'une telle confiance que, le soir même, M. Corsini était au courant de tous ses projets.

Oh ! les honnêtes gens ! comme un traître peut aisément les abuser ! Si leur intelligence permet qu'ils devinent le mal, comme ils sont prompts à croire plutôt le bien !

CHAPITRE XXI

M. Desgranges met un zèle admirable à rechercher les traces de l'enfant;
mais comment trouver quand on a un bandeau sur les yeux? —
L'énigme est indéchiffrable.

E zèle et l'activité que déploya M. Desgranges
pendant plusieurs mois, faisaient l'éloge de son bon
cœur et de son dévouement; mais on n'aboutissait
à aucun résultat. « Eh quoi! se disait-il, quand il rentrait le
» soir découragé et accablé de fatigue, rien! jamais rien! Et
» cependant M. Corsini me vient en aide en toute occasion;
» il ne s'est pas démenti un seul instant. Que faire? que de-
» venir? Toutes mes anciennes connaissances (franchement,
» je n'y comptais guère) ont fait preuve d'obligeance et de
» bon souvenir. »

Il avait obtenu audience des plus grands personnages,
bienveillance et bons offices de notre ambassadeur; mais au-

cune idée ne se présentait dont il pût faire un point de départ pour des démarches nouvelles et raisonnables. Il s'était rendu dix fois sur le lieu du crime ; il avait exploré tous les environs et retrouvé les paysans qui avaient relevé et transporté l'abbé Robasto ; mais en vain. Plusieurs fois, après s'être cru sur la voie, il avait reconnu douloureusement l'impuissance de ses efforts. Malgré ses instances et ses promesses, les paysans devenaient impénétrables, soit qu'en réalité ils n'eussent rien à révéler, soit que quelque motif secret leur conseillât de se taire.

Le digne vieillard avait interrogé les gens de l'hôtel où l'abbé était mort, interrogé le médecin, sollicité les plus minutieux détails et n'avait rien pu découvrir d'utile. Le découragement commençait à s'emparer de lui ; il avait souvent écrit à sa femme ses déceptions, dont elle communiquait une partie à Madame Corsini, afin de la préparer doucement à la connaissance complète de son malheur : car ces excellentes gens s'attachaient plus profondément à elle à mesure qu'augmentait son infortune. « Revenez, écrivait Mme Desgranges à » son mari ; venez joindre vos efforts aux miens auprès de » notre amie. Vous lui serez désormais plus utile ici ; et puis- » que sa vie de mère est perdue, nous l'aiderons du moins à » supporter son sort avec résignation. »

M. Desgranges commençait à parler de son retour en

France, pestant, comme autrefois, contre les institutions d'un pays où le crime pouvait se commettre impunément, disait-il ; et M. Corsini, suivant son ancien système, approuvait du geste, il exaltait encore ses ressentiments et ses plaintes. « Vous » êtes heureux en France, lui disait-il ; en quelques semaines, » les auteurs d'un pareil attentat eussent été découverts et » punis. Vous avez raison d'être fier de votre pays ! Un temps » viendra, M. Desgranges, mais il est encore loin de nous, » où vos lumières et votre civilisation pénétreront parmi nous » et seront comprises et adoptées avec enthousiasme. » Et il élevait la voix d'un ton prophétique : « Oui, un jour nous » aurons enfin une patrie à aimer et un honneur national à » défendre. » Et les deux *amis* se serraient les mains, plus d'accord que jamais.

M. Desgranges pressé de nouveau par une lettre de sa femme, leur amie étant tombée malade, désira fixer le jour de son départ : c'était là que l'attendait M. Corsini. Il l'engagea, avant de quitter le pays, à faire des visites d'adieu aux personnes qui lui avaient témoigné le plus d'intérêt et l'avaient appuyé dans sa pénible mission. Il l'accompagna partout, et partout M. Desgranges, invité par le sujet même, ne manqua pas d'exprimer son peu d'espoir de retrouver l'enfant de tant d'affection et de préoccupations douloureuses. Il avait, d'après le conseil de son hôte, pris des notes circonstanciées

de toutes ses recherches ; elles étaient certifiées par les autorités dont il avait requis l'assistance, ainsi que les rapports
des personnes qu'il avait employées. Il fut amené très-natu-
rellement à remettre le tout à M. Corsini avec l'autorisation
d'en faire l'usage qu'il jugerait convenable et pour *valoir au
besoin*. Par un surcroît de confiance assurément mal placée,
il y joignit encore l'autorisation, se portant fort pour Madame
Corsini, d'agir en toutes circonstances, au mieux, des intérêts
de son neveu.

Quelques jours après on se sépara. Quand ils se quittèrent,
M. Desgranges, on le voit, était entièrement converti sur le
compte de M. Corsini ; celui-ci était rempli d'une joie qu'il
sut dissimuler jusqu'au dernier moment.

CHAPITRE XXII

Joachim, mendiant et misérable, possède un bien précieux. — Sagesse croissante de Christina. — Encouragements mutuels à l'amour de Dieu. — Ambrosio contraint d'implorer Joachim.

ONSIEUR Desgranges regagnait lentement sa demeure. Il y trouva Madame Corsini très-abattue et malgré les attentions les plus délicates, malgré les preuves constantes d'affection dont elle était l'objet, incapable de se consoler. Sous le poids de la douleur, elle sentait ses forces s'épuiser et tombait dans une langueur alarmante. On la voyait, pendant des heures entières, dans un état d'inertie et d'insensibilité qu'on aurait pu prendre pour l'apaisement de l'esprit; mais, au réveil c'étaient des souffrances plus vives et plus poignantes qui augmentaient les inquiétudes de ses amis.

Vous eussiez pu voir, à la même époque, Joachim, l'œil

morne, le teint livide, la face amaigrie, suivre lentement ses persécuteurs le long des chemins qui descendent des Alpes vers la Provence et le Languedoc. Son air souffreteux, son corps décharné et demi nu excitaient la pitié des passants à qui, sous la dure volonté de ces misérables, et sous peine d'être cruellement maltraité, il était obligé de tendre la main, rouge de honte et d'humiliation. S'il obtenait quelque légère aumône, quelque menue monnaie, un morceau de pain, quelques fruits dont il aurait eu grand besoin pour rafraîchir son gosier altéré, il fallait reporter le tout à ses maîtres sans en rien retenir et souvent sans y avoir la moindre part. On envoyait parfois Ambrosio mendier dans les hameaux voisins de la route ou dans les habitations isolées. Dressé à ce manége coupable, il manquait rarement de revenir chargé de plus de choses que la charité n'en accorde d'ordinaire aux sollicitations du pauvre, et souvent de choses d'une provenance toute différente. Aussi était-il toujours le bienvenu, au retour de ces expéditions. Les objets qu'il avait ainsi dérobés ne tardaient pas à être offerts en vente avec précaution et disparaissaient : on trouve partout des gens qui aiment à faire un bon marché!

Que devenait Christina pendant ce temps? Elle évitait le plus qu'elle pouvait les occasions de mal faire, quand elle n'était pas surveillée de trop près ; mais on commençait à se méfier d'elle. En effet, grâce au réveil de sa conscience, de cette voix intérieure qui l'étonnait encore, elle ne pouvait pas toujours dissimuler sa répugnance à obéir aux ordres coupables que lui donnait son père. Dans ces occasions, elle cherchait le regard de Joachim, comme pour lui demander pardon et lui faire comprendre le regret qu'elle éprouvait de la mauvaise action qu'elle était forcée de commettre. Celui-ci, plein de compassion pour le chagrin de son amie, témoignait par un signe qu'il partageait sa peine, et semblait l'excuser en raison de son repentir. Tous deux sentaient leur misère et, quand ils pouvaient se trouver ensemble, bien sûrs de n'être pas entendus, ils s'efforçaient d'apaiser leur conscience alarmée, en demandant à Dieu de les absoudre de leurs fautes involontaires, lui qui lisait dans leur cœur, de les délivrer de l'esclavage et de les prendre sous sa protection.

Emporté au loin par l'ouragan, le bon grain semé par Madame Corsini dans le cœur de son fils, n'avait donc pas été perdu; il se développait au contraire et même se reproduisait, comme on le voit, sur une terre inculte, couverte jusque-là de ronces et d'ivraie. Un simple enfant, dans sa pureté et son innocence, agissant sous le doigt de Dieu et s'ignorant lui-même, défrichait patiemment cette terre et obtenait une moisson abondante de bonnes résolutions et de bons sentiments.

Ils s'entretenaient de l'amour de Dieu et des devoirs envers le prochain, non à la manière des docteurs, car leur science sur ces matières ne s'étendait pas bien loin, comme on le pense. Joachim avait enseigné à Christina les prières que lui-même avait apprises de sa mère. Ces prières récitées lentement pour être mieux comprises, comme on le lui faisait faire à lui-même, accompagnées des réflexions naïves qu'il avait retenues, étaient tout son enseignement. Mais Christina, plus âgée de quelques années et dont la raison commençait à poindre, y ajoutait de son propre fonds par le souvenir de son passé dont elle avait honte, et dont elle gémissait avec amertume. Elle y trouvait une instruction suffisante pour apprécier sa condition actuelle et aspirer sincèrement à une vie meilleure.

Ainsi se fortifiaient ces deux victimes du sort : l'un se soutenant par les bons principes et les bons exemples reçus dès le berceau ; l'autre les recueillant avidement pour en faire son bien propre ; tous deux élevant avec confiance leur âme vers Dieu.

Malheureusement pour eux, les occasions de se trouver réunis pour prier étaient rares et le devenaient chaque jour davantage. L'obstacle venait surtout d'Ambrosio qui, jaloux de l'amitié qu'il voyait s'établir entre eux, ne les perdait pas de vue, les suivait partout et les harcelait sans cesse de son espionnage et de ses méchancetés. Il tournait tout à mal et ne s'épargnait pas. le mensonge. Il dénonçait à son père et à son oncle leurs moindres fautes comme des manquements graves à leur volonté, et leur attirait les traitements les plus rigoureux. Pauvres enfants ! ils répandaient leurs larmes en secret et dévoraient silencieusement leurs douleurs.

Un jour cependant ils eurent un instant de dédommagement de leurs peines par la punition inattendue que subit Ambrosio pour ses méfaits habituels. Il avait, jusque-là, menacé les enfants du geste et de la voix, sans jamais se permettre le moindre mauvais traitement envers eux. Joachim revenait de mendier comme de coutume : il fallait obéir ! Bien accueilli partout, à cause de son air souffrant et humilié, il avait fait une ample récolte. Ambrosio, partout repoussé à cause de son effronterie et de sa grossièreté, avait voulu s'en emparer. Joachim résistait ! Le mauvais sujet s'était mis en devoir de le battre ; mais tout-à-coup surgit un défenseur sur lequel Joachim n'avait pas compté. Ce tiers intervenant saisit Ambrosio à la gorge, prêt à l'étrangler, lui faisant pousser des cris de douleur et d'effroi. Il avait beau se débattre, son agresseur ne lâchait toujours pas, grinçait des dents et lui faisait d'horribles grimaces. « A moi, criait-il ; à moi, Joseph, mon cher » Joseph ! Je vous en prie ; ayez pitié de moi. Oh ! qu'il me » fait mal ! Il me déchire ; pitié ! délivrez-moi. Je ne vous » ferai plus jamais de peine. Grâce, mon petit Joseph, grâce !

» Je n'en puis plus.... il m'étrangle.... je vais mourir !... »

Joachim, touché de son anxiété et de sa souffrance, n'eut qu'un mouvement à faire et Ambrosio fut à l'instant délivré de cette cruelle étreinte. Mais il avait le cou déchiré, les joues sillonnées par de nombreuses égratignures. Le défenseur de Joachim était, en effet, le vieux singe de la troupe, qui, ayant pris Joachim en amitié, s'était donné à lui, couchait près de lui dans les étables, et, quand on était en route, ne quittait pas son épaule. Il l'avait vu menacé et s'était jeté furieux sur son agresseur.

Il en résulta pour Joachim et pour Christina plusieurs jours de tranquillité ; mais le mauvais naturel d'Ambrosio reprit bientôt le dessus, et à sa haine pour les enfants se joignit sa rancune contre le singe qu'il battait en toute occasion... Nouveau sujet de peine pour Joachim !

CHAPITRE XXIII

Le cirque en plein vent. — La promenade du chameau. — Le petit voleur. — Arrestation de la troupe ambulante. — Ozelli regagne Turin. — Joachim sous clef. — Le numéro 97.

A quelque temps de là, il y eut un grand émoi et une grande frayeur parmi la troupe ambulante ; elle était alors sur les bords de la Durance, dans la petite ville de Manosque, et se dirigeait sur Aix. Au milieu de la place principale s'était formé un grand cercle composé d'une bonne partie de la population, ce qui promettait une recette exceptionnelle. Le premier rang était bien garni de gamins des rues, bande bruyante et indisciplinée, spectateurs gratuits, bien entendu ; mais maintenus à distance, cette fois, par l'acteur principal qui tournait en rond au bout d'une longue corde. Le second rang, beaucoup plus compact, se com-

posait d'ouvriers ayant quitté momentanément leur travail et
de leurs épouses traînant leurs enfants pendus à leurs jupes
ou les portant dans leurs bras ; tous accourus pour satisfaire
leur curiosité par un spectacle si attrayant.

Derrière eux enfin, circulaient d'un air indifférent et ennuyé,
par contenance toutefois, les flâneurs comme on en rencontre
partout, aussi curieux que d'autres, plus curieux peut-être,
mais qui seraient désolés de le paraître : il faut bien conserver
sa dignité d'homme inoccupé.

Or, le spectacle avait commencé par la promenade lourde
et cadencée de maître Martin solidement muselé ; il était
chargé, par cet exercice, de maintenir le cirque dans des
proportions raisonnables, et de forcer les enfants turbulents
et trop hardis à se réfugier dans les jambes des spectateurs
du second rang. Le pesant animal dressé sur ses pieds de
derrière, ayant un bâton en travers sur les épaules, et accompagné par la musique que nous connaissons, exécutait une
danse embellie des gestes les plus aimables et des mines les
plus gracieuses. Après lui venaient les gambades du général
Jacquot qui saluait l'honorable société, son petit chapeau à
la main, sautait pour M. le Maire et toutes les autorités con-
stituées, et faisait des grimaces pour les hôteliers, cabaretiers,
huissiers et autres.

Avant de terminer le spectacle, on fit une quête préalable.

Bien des gens regardèrent d'un autre côté quand on présenta devant eux la sébile tendue vers leur générosité ; d'autres faisaient demi-tour et s'éloignaient. Ils revinrent bientôt ensuite lorsque le chameau, obéissant au commandement du maître, se mit à marcher d'un air docile et imposant ; puis il se courba pour recevoir un cavalier de bonne volonté pris parmi l'*aimable assistance*. Un jeune garçon à la figure barbouillée, à la chevelure ébouriffée, se décide et grimpe d'un air gauche sur l'animal qui se relève et recommence à faire rapidement, cette fois, le tour du cirque. Tout-à-coup le singe s'échappe d'entre les bras de Joachim, saute sur le dos du chameau qui s'anime et part à grande course, non sans causer une immense frayeur à l'enfant qui le monte et qui s'accroche comme il peut aux bosses de l'animal. Pour surcroît, Jacquot saute sur sa tête qu'il fourrage à belles mains, se livrant avec ardeur et d'un grand courage à une chasse innommée. La honte et la surprise du jeune cavalier, ses mouvements involontaires, ses grotesques soubresauts amusaient fort l'assemblée qui éclatait de rire et applaudissait à outrance.

On en était au plus beau moment du spectacle ; mais la scène change et présente un dénouement tout-à-fait inattendu : par une rue voisine, arrive à grand bruit un nouveau groupe au milieu duquel apparaît Ambrosio tenu fortement par le bras et par l'oreille. Il essayait bien de se débattre et de s'échapper; efforts inutiles; il avait trouvé son maître.

La plupart des habitants étaient, nous l'avons dit, sortis de chez eux; Ambrosio s'était détaché de sa troupe qui ne s'en occupa point autrement. Il s'était glissé dans les rues écartées, furetait à droite et à gauche, scrutait les maisons restées ouvertes et dégarnies de leurs habitants, comme cela ne manque jamais dans les petites villes, lorsque quelque chose d'inusité attire la curiosité publique. Ambrosio l'avait aussi remarqué et voulait profiter de l'occasion, n'ayant qu'à choisir, pour faire sa main. Il avise donc une boutique solitaire; il s'y introduit; rampe jusqu'au comptoir... tout va bien; il en retirait une poignée d'argent quand une main vigoureuse saisit la sienne pleine encore du corps du délit. Le marchand inaperçu avait suivi tout le manége du petit voleur. Des voisins accourent; voilà des témoins! C'est au milieu de cette escorte, qu'Ambrosio était amené sur la place où l'on pensait bien trouver le commissaire : il y était en effet.

Grand émoi dans la foule; on se presse; on se dresse sur la pointe des pieds; on veut voir; on veut entendre. Les deux bateleurs sont consternés, car ils ont compris ce qui se passe. Ils se regardent à la dérobée, comme se regardent sans doute les voleurs quand un de leurs complices s'est laissé prendre. Pour les deux enfants, ils se serraient l'un contre l'autre, trem-

blants de peur, sans savoir encore quel danger les mena-
çait.

Le magistrat eut bientôt terminé son office ; les animaux
furent mis en fourrière et toute la troupe fut conduite en prison.... Ambrosio séparé des autres.

En prison, lui aussi, notre bon et honnête Joachim ! Lui,
traité comme un voleur ! On peut imaginer tout ce qu'il dut
souffrir. Il subissait hélas ! sans l'avoir mérité, la triste mais
inévitable conséquence de s'être trouvé parmi ces misérables.

Le jugement ne se fit pas long-temps attendre : Ambrosio
dont le flagrant délit ne laissait aucun doute dans l'esprit des
juges, fut envoyé, par la sentence du tribunal, et jusqu'à sa
majorité, dans une maison de correction.

Par suite du même jugement, les animaux furent vendus
aux enchères publiques pour payer les frais du procès : le
chameau alla tourner la roue d'un moulin à huile ; l'ours fut
envoyé au musée de Marseille où il continua ses mines gracieuses, à la plus grande joie des bonnes et des enfants, tout
en levant une dîme abondante sur leurs provisions de gâteaux
et de friandises. Le singe passa, pour quelque argent, entre
les mains d'un homme facétieux et avisé qui tenait le plus
beau café de l'endroit. Cette emplette fut un coup de fortune :
chacun des badauds voulait jouir des gentillesses du singe
qui, tout en croquant leur sucre, augmentait considérablement

le nombre des clients du *Grand café-estaminet — billard des enfants d'Apollon.*

Quant aux deux enfants, leur innocence était si évidente que le juge les acquitta en leur adressant des paroles de paternelle exhortation. Tous les assistants leur accordèrent des marques d'intérêt.

Les deux hommes furent aussi acquittés : il ne s'élevait pas contre eux des charges suffisantes pour les condamner comme complices du vol ; mais fortement soupçonnés d'en être les instigateurs, ils furent sévèrement admonestés, et, pour mesure de sûreté, remis aux gendarmes pour être conduits de brigade en brigade jusqu'aux frontières de leur pays, et recommandés aux autorités sous lesquelles ils allaient rentrer. Ce jugement fut exécuté ponctuellement.

Les deux brigands ne se séparèrent qu'à Turin, où Ozelli, selon l'ordre qu'il en avait reçu, déposa notre Joachim, épuisé de fatigue, exténué, dévoré par une fièvre ardente, dans un asile d'orphelins abandonnés, sous le nom de Joseph seulement ; et ce nom, suivant la règle de la maison, fut bientôt échangé contre un simple numéro d'ordre. Joachim ne fut plus pour personne ni Joachim ni même Joseph ; mais le numéro 97.

CHAPITRE XXIV

M. Corsini continue de prospérer. — Le roi le nomme premier syndic de Turin. — Mais M. le premier syndic devient plus méchant homme que jamais. — Mort de M. Desgranges. — Les deux amies d'Arbois.

A ville de Turin était en fête, deux années après ces événements. D'abondantes aumônes avaient été distribuées dès le matin, des banderoles aux couleurs éclatantes pendaient aux balcons des maisons des riches; l'Eglise-Cathédrale, sous l'invocation de Saint-Jean, était richement décorée pour célébrer une messe du Saint-Esprit; les théâtres annonçaient, selon la coutume du pays, à l'aide d'immenses tableaux suspendus à l'entrée des principales rues, leurs plus belles représentations; des illuminations brillantes se préparaient pour le soir... Il s'agissait de l'installation d'un nouveau premier syndic. M. Corsini venait d'être appelé par le Roi à cette magistrature honorable et importante. Toutes les autorités et les principaux personnages de la ville étaient convoqués à un grand banquet offert par le conseil municipal.

M. Corsini était enfin entré en possession de cette immense fortune, objet de tant de convoitises et de coupables manœuvres. Devenu le plus riche personnage du Piémont, il avait ambitionné les honneurs. Tous les regards étaient portés sur lui. Il avait obtenu sans peine d'être présenté au Roi Charles-Félix que l'on a connu, du reste, de l'abord le plus facile. M. Corsini lui avait plu par son esprit fin et délié ; il avait eu bientôt ses entrées à la Cour et n'avait pas manqué une occasion de se placer sous la main du Roi.

Le moment était bien choisi : Charles-Félix venait, par un acte de sa volonté, d'encourager toutes les ambitions. Ayant remarqué, de son palais, à l'autre côté de la belle place du Château, qu'à l'étage le plus élevé d'une maison, une lumière brillait chaque nuit, il voulut en savoir la cause : on lui amena un jeune homme du nom de Boggino, étudiant laborieux, qui doublait ainsi ses heures de travail pour rester le moins possible à la charge de son honnête famille. Il lui fit une pension, l'encouragea de ses conseils, lui indiqua une direction pour ses études. Boggino fit sa grande préoccupation pendant plusieurs années ; il venait de l'élever tout-à-coup à la dignité de ministre des finances, — ministre habile, intègre, qui mourut jeune, laissant son nom, par la volonté de son royal protecteur, à l'une des principales rues de la capitale.

On comprend qu'à partir de là, l'ambition fermenta dans beaucoup de têtes ; de semblables caprices ne se renouvellent pas souvent et réussissent rarement aussi bien. Un seul homme peut-être, entre tous, vit couronner ses efforts et récompenser sa patience et ses assiduités ; ce fut M. Corsini.

Une fois dans sa haute position, et comptant sur l'impunité, il devint hautain envers les petits, ingrat envers ceux dont il s'était servi dans ses projets, et se livra à toute la fausseté et à l'âpreté de son caractère, ayant bien soin toutefois de rester souple et obséquieux envers les grands du royaume. Quand il visitait ses vastes domaines de Lombardie, il se montrait dur, tracassier, exigeant avec ses tenanciers qu'il eût volontiers appelés ses sujets ; il n'éprouvait aucune pitié pour les pauvres gens qui, le corps à moitié enfoncé dans la vase, subissaient, tristes et mornes, l'influence délétère des émanations qui se dégagent des rizières, et meurent jeunes, dévorés par la fièvre, faute d'habitations mieux aérées, élevées sur quelques tertres voisins, et surtout d'aliments un peu substantiels.

Quant aux personnes qu'il avait employées pendant ses longs procès, avocats et procureurs, en le voyant arriver au Syndicat, elles avaient espéré que leur clientèle allait s'augmenter de toutes les affaires importantes qui dépendraient de lui ; il n'en fut rien. M. Corsini les éloigna peu à peu, supportant difficilement la vue de gens très fins, très subtils, qui avaient pu, dans leurs nombreuses conférences, soupçonner le véritable but auquel il aspirait. Mais il était bien trop habile pour s'en faire des ennemis : il se contenta, sous prétexte de ses hautes fonctions et d'embarras sans cesse renaissants, de les tenir à distance, tout en les appelant « ses chers conseillers » ; tout en protestant de sa gratitude et de son éternel souvenir des services importants qu'ils lui avaient rendus par leur zèle et leurs grandes lumières. Il leur laissait l'espoir qu'ils seraient les seuls consultés s'il lui survenait quelques difficultés dans sa fortune personnelle.

M. Corsini était au comble de ses vœux : de grandes richesses couronnaient ses coupables manœuvres, sans que rien les eût entravées, et satisfaisaient, au-delà de ses espérances, son avidité de posséder. Il était parvenu au plus éminent degré de la magistrature municipale ; il se voyait respecté de ses concitoyens, honoré de la faveur du Roi, accueilli avec empressement, recherché, fêté de toute la Cour ; tout réussissait au gré de son ambition ; rien ne manquait à son triomphe.

Une autre circonstance était venue ajouter encore à ses motifs de sécurité et débarrasser son esprit de pensées souvent importunes : M. Desgranges, cet homme si loyal et si

honnête qu'il avait pu aisément se laisser prendre à ses faux-
semblants d'amitié et de désintéressement, l'ami dévoué de
Madame Corsini et de son enfant ; lui, dont le sens droit pouvait, d'un jour à l'autre, l'éclairer sur la fausse route où on
avait su l'engager, reprendre ses doutes et redevenir dange-
reux, M. Desgranges, disons-nous, venait de mourir, laissant
sa femme dans la plus grande douleur et son amie sans appui.

Madame Corsini était rentrée dans sa modeste demeure,
autrefois si animée par la présence de son fils et désormais
triste et silencieuse. Là, dans les longues heures de la soli-
tude, chaque objet, en lui rappelant l'enfant bien-aimé, ajoutait sans cesse à l'amertume dont son cœur était rempli. Les
deux veuves, plus unies que jamais par le malheur, se visi-
taient souvent. Leurs entretiens pendant lesquels chacune
s'efforçait de combattre l'affliction de l'autre, en rappelant les
précieuses qualités de ceux dont elles déploraient la perte,
apaisaient insensiblement la vivacité de leurs regrets. Les
douleurs prolongées se transforment souvent ainsi en mélan-
coliques préoccupations. Les souvenirs mêmes dont elles
aimaient à s'entretenir, avaient fini par produire dans leur
âme, je ne sais quel calme plein de rêves tristes et doux. Une
telle situation attendrit le cœur, le rend plus sensible à l'amitié ; ces dames devenaient donc chaque jour plus indispensables l'une à l'autre.

Madame Corsini avait repris sa vie simple et retirée ; elle sortait le plus rarement possible ; elle aimait à vivre avec ses pensées ou à les déposer dans le sein de son amie. Dans cet état, les intérêts matériels ne la préoccupaient guère. Elle n'avait plus de fils : que lui importait le plus ou moins de fortune ? Sa correspondance avec son beau-frère, toujours plus désespérante, s'était peu à peu ralentie et avait fini par cesser entièrement.

L'esprit occupé du sort de son enfant, elle n'avait plus parlé des intérêts réglés entre eux ; elle n'y avait même pas songé et M. Corsini s'était bien gardé d'en rappeler le souvenir. Il avait d'ailleurs, le cas se présentant, un argument tout préparé à l'avance : la transaction, vu la disparition de Joachim, restait en suspens ; d'ailleurs le jugement dernièrement obtenu pour la levée du séquestre, s'appuyant sur les pouvoirs laissés par M. Desgranges, le nommait administrateur provisoire des biens présents et à venir. Oh ! il était bien en règle et avait tout prévu. Il était donc parfaitement à couvert et pouvait jouir de son triomphe en pleine sécurité.

Au milieu de tant de succès qui flattaient sa vanité et lui donnaient à lui-même une grande idée de son mérite et de son importance, le souvenir d'Ozelli venait souvent se présenter à sa mémoire : souvenir pénible, humiliant, qui rabattait cruellement son orgueil et lui infligeait la honte de s'être abaissé au niveau d'un pareil misérable et d'en avoir fait son complice. Dans ces moments de cruelles angoisses, alors qu'il se trouvait seul en face de sa conscience, l'image angélique de Robasto mourant lui apparaissait tout-à-coup, triste et abattue. Le digne abbé semblait le plaindre de son crime, bien plus que le lui reprocher ; il semblait, pieux martyr, tout prêt, sur la moindre marque de repentir, à implorer de Dieu le pardon de son bourreau.

Ces terribles visions portaient le trouble dans son âme ; un frisson douloureux agitait tous ses membres ; des cris d'effroi, qu'il contenait à peine, étaient sur le point de s'échapper de sa poitrine ; mais habitué de longue date à étouffer la voix de sa conscience, il reprenait son assurance ordinaire et redevenait rogue et hautain : « Au bout de tout, se disait-il, qu'ai-je
» à craindre ? Ozelli sait bien qu'au moindre mot indiscret ou
» malveillant, je puis le perdre. Sa vie est entre mes mains.
» N'ai-je pas eu soin de lui faire connaître les rapports venus
» de France sur sa coupable industrie et de l'en effrayer ?
» N'ai-je pas réussi, sans menaces, sans contrainte apparente,
» à lui donner le désir de s'éloigner ; n'est-il pas sorti du
» royaume ? Allons, allons, j'ai eu tort de m'occuper de ce
» misérable et je n'ai rien à craindre de ce côté : il a tout in-
» térêt à ne jamais reparaître ; il sait d'ailleurs ma haute in-
» fluence et ne peut manquer de me redouter.

« Quant à l'abbé Robasto, cet homme sans consistance...,
» mais chassons aussi cette pensée importune... nulles traces
» de ce qui s'est passé, nuls témoins ! Aucun soupçon ne peut
» s'élever jusqu'à moi.... Loin donc toute crainte ! Je puis,
» je dois jouir en paix de ma fortune, de mes honneurs. Oh !
» je ne m'arrêterai pas là ; je veux encore monter ; monter
» toujours ! »

Ainsi raisonnait, dans son aveuglement, cet homme enivré
par tant de succès : confiant dans sa propre force, il se croit
au-dessus des vicissitudes de la fortune ; il appuie fortement
ses pieds sur la terre ; il lève audacieusement la tête vers les
cieux qu'il semble braver. Dans sa folle témérité, il ne soup-
çonne même pas l'existence du ciron qui déjà ronge sans bruit
ce piédestal qu'il se prépare.

Un jour cependant, il ressentit, pour l'oublier bientôt, une
émotion assez forte :

L'échafaudage placé en haut d'une maison que l'on répa-
rait s'écroula brusquement. Un maçon qui travaillait sur cette
frêle et dangereuse plate-forme, tomba sur le pavé. Dans sa
chûte, l'ouvrier faillit écraser notre grand ami, le peintre
Ch..., et se cassa la jambe. Ch... était tout particulièrement
estimé du Roi qui l'avait fait venir à Turin pour peindre une
large toile historique destinée à la galerie de tableaux que
ce prince formait alors dans son palais. Peu s'en fallut que

ce voyage de Turin ne devint fatal au bon et spirituel artiste ; une seconde plus tôt il était tué par les planches de l'échafaudage ou par le poids de l'homme qui tombait au moment où Ch... passait paisiblement dans la rue. En un clin d'œil le peintre oublia le danger qu'il venait de courir et se précipita vers le maçon évanoui ; il le prit dans ses bras et l'emporta sur un banc de pierre voisin où il le plaça le moins mal qu'il put. C'était justement à la porte de l'hôtel Corsini.

La foule s'amasse ; chacun s'apitoie. Notre ami se fait apporter des cordiaux, ranime le blessé et pratique lui-même un premier pansement. Les camarades du maçon, émus, les yeux pleins de larmes, le cœur reconnaissant, attendent qu'il ait fini ses soins généreux pour emporter leur compagnon à l'hôpital. Avec l'aide de ces braves gens, Ch... le pose doucement sur une civière, puis prenant à la main son chapeau dans lequel il met une pièce d'or, il fait le tour de la foule amassée : « Allons, dit-il en italien, ayez pitié de ce pauvre » homme qui ne pourra pas travailler de long-temps ; allons, » un peu de générosité. Donnez quelque chose. C'est de » l'argent placé pour le ciel. »

La collecte fut bonne. Tout le monde donna selon ses moyens. On allait enlever le blessé que la vue de l'argent consolait et qui adressait à son bienfaiteur ces longs regards du malheureux, si touchants, et qui suffisent à payer une bonne action. Ch..., jusque-là très maître de lui, sentit l'émotion le gagner. Il leva les yeux pour se dérober à ce muet témoignage de reconnaissance ; mais à ce moment, il vit s'ouvrir une fenêtre. M. Corsini se montra. Il cherchait à se rendre compte de ce mouvement inusité dont le bruit venait d'arriver jusqu'à son cabinet de travail.

Ch..., avec cette promptitude des artistes à retrouver le souvenir des figures qu'ils ont une fois considérées, le reconnut sur le champ pour l'avoir rencontré sur la grande route, à cet instant où M. Corsini avait, de sa berline, échangé quelques mots avec Ozelli.

L'oncle de Joachim regardait, mais avec plus de curiosité que d'attendrissement, et, par distraction ou par avarice, ne songeait pas à joindre une offrande aux pièces et piécettes encore placées dans le chapeau de Ch... « Cher Monsieur, lui » dit l'artiste, envoyez quelque chose pour ce pauvre ouvrier » qui vient de se casser la jambe. Ce sera une charité bien » faite. Cela vaudra mieux que de donner sur un chemin à » quelque mendiant fripon. »

M. Corsini devint pâle sans trop savoir pourquoi ; car il ne se rappelait que vaguement les traits de l'homme qui l'interpelait. Il tira sa bourse, et, d'une main presque tremblante, jeta son aumône.

La pièce mal lancée tomba à côté du chapeau. Ch..... se

baissa vivement pour la ramasser. La foule applaudit à la générosité du bon syndic !

Quand l'artiste se releva, il voulut le remercier ; déjà M. Corsini avait disparu et s'était comme affaissé sur un fauteuil. « Qu'a-t-il voulu dire ? » murmura-t-il. Puis reprenant courage : « Bast ! je suis fou. Quelle apparence qu'il ait voulu » me dénoncer ! Qu'est-ce que cet homme peut savoir contre » moi ? » Et le calme lui revint.

Cependant notre ami devint pensif et se dit en lui-même : « Voilà un donneur bien pressé de cacher sa figure qui n'est pas trop bonne d'ailleurs, et que je croirais assez la figure d'un coquin. »

CHAPITRE XXV.

Une conspiration à Turin. — M. Corsini s'y mêle et la dénonce. — Il
n'obtient pas la récompense qu'il se promettait de son zèle. — Illusions
ambitieuses qui le consolent. — La justice de Dieu se prépare.

NE circonstance qui sembla venir au-devant des
projets ambitieux de M. Corsini se présenta vers
la même époque. Le système de réaction adopté par le
gouvernement d'alors avait formé un noyau de mécontents,
de libéraux, comme on disait, auquel s'adjoignirent bientôt
de nombreux adhérents parmi lesquels se trouvaient des personnes de la haute bourgeoisie, des militaires de grades élevés
et des membres de la haute noblesse. Un plan de conspiration lentement mûri fut enfin adopté. Il avait pour but principal la déposition du vieux Roi qui serait remplacé par un
Prince dont les idées avancées bien connues étaient une ga-

rantie de réformes hautement désirées et rendues nécessaires par l'état général des esprits.

M. Corsini n'inspirait pas grand intérêt aux conjurés ; toutefois, d'après son caractère, et en se rendant compte de la marche ascendante qu'il avait suivie, on le considérait comme un homme capable de s'accommoder de tout et d'accepter tout changement qui ne le menacerait pas trop dans ses honneurs et dans son ambition. On comptait même, le jour venu, le voir faire plus de zèle que les plus avancés de tous. Au nombre des conspirateurs, quelques-uns se trouvaient être de sa société habituelle. Avec son esprit fin et rusé, avec ses habitudes de profonde dissimulation, il ne tarda pas à rassembler dans ses mains tous les fils de la trame ourdie secrètement. Il ne lui restait plus qu'à examiner le profit qu'il pouvait tirer de cette précieuse découverte pour son avantage particulier.

Il connaissait le caractère indécis ou léger de quelques-uns, la nature aventureuse de quelques autres ; certains manquaient d'énergie et ne soutiendraient pas la lutte jusqu'au bout. Il en conclut bientôt que leur plan n'avait aucune chance de succès, partant rien qui pût lui être profitable. D'un autre côté, feindre d'avoir tout ignoré, se tenir à l'écart, n'était pas beaucoup plus sûr ; car on connaissait ses relations suivies avec plusieurs des conjurés : il ne manquerait pas d'être compromis... compromis, lui, toujours si prudent et circon-

spect! Il ne s'y exposerait jamais! Quel parti prendre? Il
n'hésita pas un instant... Mais il allait perdre un grand nombre
de personnes parmi lesquelles plusieurs de ses amis? Peu lui
importait! Il s'agissait de se mettre à l'abri d'un danger qu'il
avait à peine entrevu, qui n'était, peut-être, qu'imaginaire?
C'en était assez pour son égoïsme et sa lâcheté. Et puis le
service important qu'il rendrait ne pouvait manquer de lui
valoir des honneurs nouveaux, de nouvelles faveurs. Il courut
en toute hâte au palais, s'acquitta sans hésiter de la triste
mission qu'il s'était donnée, indiqua le but de la conspiration,
fit connaître les moyens, nomma les personnes, déclara enfin
tout ce que son méprisable espionnage lui avait fait découvrir.

A l'instant même, tous les chefs de la police et tous les
sbires, tous les carabiniers (gendarmes) furent mis en mouvement; de nombreuses arrestations eurent lieu à la grande
stupéfaction de la ville; ce fut, en un moment, un sauve-qui-
peut général. Les principaux chefs, avertis à temps, avaient
pu s'échapper et n'avaient pas tardé à passer au-delà des
frontières. Pour tous ceux qu'on n'avait pu atteindre, un ordre
d'exil leur parvint bientôt dans les retraites où ils s'étaient
réfugiés, et, pour la plupart, fut observé rigoureusement
longtemps après la mort du vieux Roi.

Pendant cet affreux bouleversement, pendant que la désolation régnait dans un grand nombre de familles, qu'était

devenu le dénonciateur? Il siégeait, froid et calme, dans le palais du Syndicat, prenant des mesures et donnant des ordres pour le maintien de la tranquillité dans la capitale.

Par une inspiration bizarre et qui tenait peut-être à un pressentiment, il voulut impliquer dans le complot et faire arrêter le peintre Ch...; mais le Roi, à la nouvelle de ce projet, lui intima l'ordre de ne pas pousser le dévouement jusque-là. Le secrétaire des commandements du monarque qui vint le voir à cette occasion, lui confia même que Sa Majesté s'était écriée assez haut : « Corsini voudrait-il éga-
» rer ma justice et lui dérober un vrai coupable, en la four-
» voyant sur un homme notoirement étranger à toute cette
» affaire? »

Le premier syndic se tint pour averti. « J'ai fait une faute,
» pensa-t-il; mais d'où vient que je hais ce peintre et que
» j'en ai peur? Il ne s'inquiète pas de savoir un mot de mon
» passé; ne l'occupons pas de nous. »

Le calme une fois rétabli, quand il jugea que le moment était venu de réclamer le prix de ses services, il se présenta devant le Roi et lui donna à entendre avec beaucoup de cir-conlocutions et de précautions oratoires qu'il avait espéré une récompense. Le Roi qui, tout en employant des hommes du naturel de M. Corsini, était loin de leur accorder son estime, pressentit, dès les premiers mots, où l'ambitieux voulait en venir, le laissa aller jusqu'au bout. Le solliciteur tremblait de se fourvoyer, inquiet de ce que le Roi paraissait ne le pas comprendre. Il hésitait maintenant, devenait rouge et embarrassé. Le roi attendait toujours. Enfin il balbutia bien bas les mots d'Ordre de Chevalerie ; puis il courba la tête, profondément incliné, dans la position la plus humble qu'il pût prendre.

Le roi éprouva un sentiment d'indignation qu'il dissimula assez bien, tout en lui faisant sentir l'inconvenance de sa demande. « Le moment est mal choisi, lui répondit-il ; on » pourrait penser que c'est le prix du dernier service que vous » m'avez rendu ; cela ne ferait honneur ni à moi ni à vous. » Que dirait ma noblesse ? Vous êtes syndic de ma capitale, — » ajouta-t-il, ne voulant pas le décourager, — continuez à me » bien servir et nous verrons plus tard ce que nous pourrons » faire pour vous. »

Puis rompant l'audience, il rentra dans ses appartements, en murmurant tout bas : « Chevalier de mes ordres ! lui con- » férer la noblesse ! Ce n'est pas pour des services de cette » nature que je ferai un noble ! »

M. Corsini n'entendit pas ces derniers mots ; mais il avait suffisamment compris la pensée du Roi... Honteux, humilié, il sortit le cœur plein de dépit : c'était le premier échec qu'il éprouvait dans sa vie d'intrigues.

Tremblant que sa déconvenue ne parvînt à la connaissance des courtisans dont il redoutait, plus que tout au monde, les railleries et le dédain, lui qui n'y avait peut-être pas entièrement échappé malgré ses grandes richesses et la haute faveur du Roi, il dévora sa honte en silence, fit du zèle plus que jamais et s'efforça en tout de prouver au maître, par son empressement et sa soumission, qu'il avait senti sa faute, et aux autres qu'il conservait toujours son crédit accoutumé.

Cependant, quoique frappé dans son orgueil, il ne rentra pas en lui-même; il n'éprouvait qu'une irritation douloureuse, un vague désir de vengeance qui le rendait plus exigeant et plus arrogant pour tous ses inférieurs. Il ne lui vint presque pas à la pensée que la fortune, qui l'avait jusque-là comblé de ses faveurs, pût un instant l'abandonner. Il avait en lui-même une telle confiance que le doute n'avait plus d'accès dans son esprit. Il en était venu à prendre ce récent échec, dont son orgueil avait tant souffert, pour un simple retard dans l'accomplissement de ses désirs. Il s'était repris à dire avec obstination : « Je monterai, je monterai tou- » jours! »

Dans son aveuglement, il ne s'apercevait pas que la justice divine devait se lasser à la fin et mettre un terme à tant d'iniquités; que tôt ou tard elle frappe le coupable, le plus souvent au moment où il s'y attend le moins. Son cœur s'était endurci ; il avait comprimé la voix de sa conscience ; il n'était plus accessible au repentir.

Aussi ne voyait-il pas à l'horizon un point noir qui avançait lentement, signe précurseur d'un orage épouvantable qui ne tarderait pas à éclater sur sa tête. Il ne sentait pas le doigt de Dieu tracer autour de lui un cercle de fer qui se resserrait de plus en plus et dont, malgré tous ses efforts, il ne lui serait pas possible d'éviter l'étreinte toute puissante et vengeresse.

Arrivée à Gènes.

CHAPITRE XXVI

Joachim arrive à Gênes en fugitif. — Il porte un fardeau bien lourd pour
lui ; mais la récompense est bonne : une digne maîtresse d'hôtel fait
du cher enfant le petit *cicerone* des voyageurs.

A quelque temps de là, arrivait par Saint-Pierre
d'Aréna un enfant de dix à onze ans ; il venait de
Turin et avait mis bien des jours à accomplir ce pénible
voyage. Parti, ce jour-là, de Ponte-decimo, il touchait, à
l'approche de la nuit, aux portiques qui ferment le port du
côté de la ville. Ces portiques soutiennent sur leurs piliers une
longue galerie découverte, entourée de balustres de marbre :
c'est la promenade fréquentée par le beau monde qui s'y rend
en foule, le soir, sous un ciel resplendissant d'étoiles, pour
aspirer la brise rafraîchissante et pour savourer les parfums
qui s'exhalent des jardins remplis de fleurs, suspendus en

terrasses aux flancs de la montagne qui domine la ville. Notre jeune voyageur brisé de fatigue, exténué, manquant de tout, tomba, plutôt qu'il ne se coucha, près d'un pilier d'une des arcades et s'endormit On voit souvent dans les villes italiennes les enfants porter ainsi les livrées de la misère ; personne n'y fit attention. Mais, sous ce ciel doux et clément, une nuit répare les forces épuisées ; aussi l'enfant, lorsqu'il s'éveilla le matin, se sentait presque réjoui. Sous ses yeux commençait le mouvement du port : un navire débarquait des voyageurs, leurs bagages et de nombreux ballots de marchandises.

Joachim, car c'était lui, était resté immobile, contemplant ce spectacle tout nouveau pour lui. Les splendeurs de la mer, l'animation des matelots et de la population du port, leurs allées et venues, leurs cris cadencés en débarquant les fardeaux qu'ils transportent, les nombreux navires et leurs prudentes manœuvres pour se ranger les uns à côté des autres, tout le tenait en extase, émerveillé. Un voyageur qui venait de quitter le dernier arrivé de ces navires, passe auprès de lui et lui mettant dans les mains une légère valise, lui dit : « Viens, petit, suis-moi. » Il le prenait pour un de ses nombreux *faccini* qui encombrent les abords de la ville, étourdissent les arrivants de leur bruit et de leur empressement importun à offrir leurs services. Joachim, sans plus de réflexion, suit le Monsieur qui l'interpelle, marchant rapidement

pour ne pas le perdre de vue et recueillant sur son passage
le regard haineux de ces gens qui le prennent pour un nouveau concurrent.

Ils arrivèrent ainsi à l'hôtel tenu par une respectable
famille, non loin du port, dans l'ancien et magnifique palais
de l'Amirauté, à l'angle de la place Banchi. Le Monsieur se
fit accompagner jusqu'à sa chambre par son petit commissionnaire, lui mit dans la main une pièce de monnaie qu'il ne
sollicitait pas et le renvoya en lui disant : « J'aurai encore
» besoin de toi, reste aux environs de l'hôtel. » Joachim descendait heureux de sa première aubaine, comprenant la pos-
sibilité de réaliser une espérance qu'il avait conçue en se
rendant à Gênes, celle de gagner quelque argent pour payer
son passage et se rendre en France, ou de le mériter par
des services dont l'occasion se présenterait.

Sur le palier du premier étage, à l'entrée du salon de
réception, se trouvait la maîtresse de la maison ; il la salua
respectueusement, non à la façon servile et plus qu'obséquieuse
des gens du pays, toujours prêts à mettre le genou en terre
pour la plus minime *bona mana* ; mais avec la politesse aisée
des enfants bien élevés de notre pays. Cette circonstance
frappa Mme F..., qui était d'origine française ; elle examina
l'enfant avec plus d'attention ; son air honnête, sa figure ouverte l'intéressèrent aussitôt :

— Mon enfant, lui dit-elle, je ne vous ai pas encore vu
venir dans l'hôtel ; est-ce donc la première fois que vous y
accompagnez un voyageur ? Vous n'êtes pas Génois ?

— Non, Madame.

— Mais vous êtes Français, je le reconnais à votre accent.

Joachim, se souvenant de la terrible défense qu'Ozelli lui
avait faite, rougissait et hésitait à répondre.

— Bien, bien, lui dit la bonne dame ; si vous avez une
raison de ne pas le dire, je ne veux pas insister. Un jour,
peut-être, vous aurez confiance en moi. Sachez, dès à présent, que vous m'intéressez ; et, pour preuve, je vous auto-
rise à stationner dans mon vestibule, à offrir vos services aux
personnes qui descendent chez moi, et, le soir, à y rester
pour passer la nuit, à l'abri des mauvaises rencontres. Soyez
honnête, conduisez-vous bien, et Dieu vous protégera !

Le malheur, chez les gens bien doués, donne de la force,
relève le courage et rend industrieux. Joachim comprit bien
vite ce qu'il avait à faire pour répondre convenablement aux
bonnes intentions de sa protectrice : il se mit aussitôt à parcourir la ville, à en étudier la topographie. Il apprit à se
reconnaître dans ce dédale de rues étroites, inaccessibles pour
la plupart aux voitures et même aux bêtes de somme. Il s'as-
sura de la position des principales églises, des palais, des
monuments publics, du siége des administrations et parvint

à bien connaître les galeries de tableaux et d'objets d'art que les étrangers ne manquent pas de visiter. Il savait arriver par le chemin le plus direct aux principales fabriques, chez les négociants en renom. Enfin, il devint en peu de temps le guide le plus sûr, le plus actif et le plus discret que l'on pouvait souhaiter. Il rendait mille petits services aux gens de l'hôtel ; aussi tout le monde l'aimait et le payait en bons traitements et en petits cadeaux prélevés sur la desserte des tables. Mais sa meilleure récompense était, de temps en temps, un sourire et un regard bienveillant de la maîtresse.

Aussitôt que ses petits profits le lui permirent, il quitta les vilains haillons dont il était à peine couvert. Il avait pris conseil d'un garçon de l'hôtel, et il se présenta vêtu proprement, selon sa position actuelle ; on lui avait fait faire un bon marché à la friperie voisine ; mais tout son pécule y avait passé.

Il recommença avec un nouveau zèle et une nouvelle activité à remplir ses fonctions. Plus content de lui, toujours proprement tenu, il se présentait avec plus d'assurance et trouvait sa tâche plus facile. Son ancienne vanité, alors que sa mère se plaisait tant à le parer, l'avait quitté depuis longtemps ; mais il lui en était resté cette satisfaction intérieure et ce contentement que donne aux personnes bien élevées, le respect de soi-même.

Il commençait à arrondir de nouveau sa petite bourse et à

entrevoir le moment où il pourrait prendre passage pour la
France, sur quelque navire de commerce où il offrirait, comme
complément du prix, ses services pendant la traversée. Il
touchait à sa délivrance! Cette pensée le suivait partout et
doublait son courage; il s'imposait avec joie tout ce qu'il pouvait inventer de privations. Son imagination devançant le
temps, il se voyait déjà dans les bras de sa mère, la consolant
par ses caresses de sa longue absence, retrouvant près d'elle
ses bons amis Desgranges, et leur promettant à tous trois
de ne les quitter jamais. La joie le prenait au cœur; il devenait plus alerte encore et plus complaisant à remplir son
office auprès des voyageurs.

Un jour qu'il accompagnait, pour visiter la ville, une famille
d'étrangers, il les avait conduits à l'église Saint-Laurent,
toute revêtue de marbre, riche à l'intérieur d'autels égale-
ment en marbre d'un admirable travail et de nombreuses
statues, toutes de main de maîtres. Puis, montant la principale rue, ils avaient atteint le porche merveilleux de l'Annonciade; ils en admiraient les proportions colossales, les
riches colonnes aux chapiteaux somptueusement dorés. Ils
allaient pénétrer dans le temple dont ils admiraient déjà les
éblouissantes décorations, quand tout-à-coup ils virent leur
jeune guide tourner lentement et avec précaution autour d'une
colonne, s'échapper, fuir à toutes jambes et s'engager enfin

dans les rues sombres et tortueuses qui descendent dans la direction de la place Banchi. Près d'eux passait en même temps un homme à figure sinistre, jetant à droite et à gauche des regards inquiets, égarés. Il se dirigeait vers la montagne où il disparut à leurs yeux serrant de près les terrasses et les murs de clôture des édifices particuliers.

Joachim arriva à l'hôtel, bouleversé, hors d'haleine, tremblant de tous ses membres... « Madame ! Madame ! s'écria-
» t-il en se jetant aux pieds de sa protectrice... cachez-moi ;
» sauvez-moi, de grâce.... il me cherche.... il me tuera....
» ayez pitié de moi et de ma bonne mère que j'espérais
» revoir bientôt... Ma mère ! ma pauvre mère que j'ai tant
» pleurée et qui m'aime tant ! »

On parvint à grande peine à calmer son émotion et à obtenir qu'il s'expliquât plus clairement. Il raconta alors naïvement, simplement, mais non sans verser d'abondantes larmes, tous ses malheurs depuis l'instant où il avait quitté sa mère, l'espoir qu'il avait conçu de gagner par son travail le moyen de la rejoindre. « Il avait reconnu le misérable Ozelli près de
» l'Annonciade ; sans doute, il le cherchait pour le tuer,
» comme il l'en avait plusieurs fois menacé. Qu'allait-il deve-
» nir ? Il n'oserait jamais reparaître dans la ville..... Et il
» n'avait pas encore assez gagné pour payer son passage ! »

Sa sincérité évidente, ses pleurs, sa bonne conduite depuis

qu'il était entré dans la maison, excitèrent la pitié de Mme F...
Sa qualité de Français, pour elle originaire de Lyon, la vive
tendresse qu'il témoignait pour sa mère, ses malheurs à un
âge si peu avancé, la décidèrent sans peine à le prendre sous
sa protection.

Il fut convenu que Joachim resterait renfermé toute la
journée dans l'hôtel ; qu'on s'entendrait avec le capitaine qui
devrait partir le premier pour Marseille, et que la dame ferait
elle-même les arrangements pour que le prix de son passage
atteignît le moins possible ses modestes ressources. Ce capitaine se trouva être précisément le Monsieur qui, le premier,
avait rencontré Joachim sur le port. Il l'avait souvent employé
et l'avait réellement pris en amitié. Les conventions furent
promptement arrêtées, du moins en présence de l'enfant qui
prouvait son bon cœur mieux qu'il ne croyait le faire, en
donnant son travail et jusqu'à son dernier sou, cela sans effort,
tout naturellement, pour aller embrasser sa mère. Le bon
capitaine avait fait à la dame un signe qu'elle avait compris.
Elle était rassurée et sentait que toute nouvelle recommandation de sa part ne pouvait que blesser sa délicatesse.

Dès le soir même, Joachim quittait l'hôtel, comblé des
marques d'intérêt des gens de la maison, accompagné des
sages avis et de la bénédiction de sa bonne protectrice. Un
vieux serviteur avait voulu le conduire à bord pour lui donner,

lui aussi, chemin faisant, les instructions et les conseils dont
il aurait à se souvenir pendant le voyage. L'excellent vieillard, après l'avoir fait placer dans un coin où il ne gênerait
personne, l'embrassa paternellement et le laissa baigné de
larmes d'attendrissement et de reconnaissance.

CHAPITRE XXVII

Retour en arrière. — Comment Joachim avait-il pu venir à Gênes? — Christina devenue la petite chambrière d'une grande dame, avait retrouvé Joachim dans la maison d'orphelins.

ENDU prudent et réservé par la nécessité, notre Joachim n'avait donné, dans le récit de ses malheurs et des dangers qu'il courait, aucun détail sur son séjour à Turin, et sur la cause qui l'en avait éloigné. Cette réserve lui était imposée par la reconnaissance; car il aurait gravement compromis sa sœur d'adoption : c'était en effet à Christina qu'il devait son évasion du refuge où il aurait pu être perdu à jamais, — au milieu de nombreux orphelins abandonnés comme lui à la charité publique, — sans nom, et tremblant toujours sous la menace du brigand qui l'y avait enfermé.

La condition de Christina avait bien changé depuis leur séparation. Lorsque M. Corsini se félicitait d'avoir obtenu si facilement d'Ozelli qu'il quittât Lombriasco et le territoire piémontais, Ozelli songeait de lui-même à s'éloigner de son pays où il ne se croyait plus en sûreté. Il avait rrésolu d'aller, avec toute sa famille, rejoindre son beau-frère Gastaldi et de s'affilier comme lui à une bande qui exploitait entre Novare et Milan, aux environs de Buffalora et de Magenta, les deux routes dont l'une vient de Turin et l'autre descend du lac Majeur sur l'Italie. Au moment de son départ, la dame de Lombriasco qui avait remarqué parmi cette famille mal famée, l'air humble et souffrant de la pauvre Christina, l'avait fait demander à son père. Celui-ci n'avait élevé aucune objection ; au contraire, il trouvait son compte à se débarrasser d'une enfant dont la présence était pour lui une gêne continuelle. Malgré sa brutalité et son endurcissement, cet homme se sentait quelquefois obsédé des regards qu'elle dirigeait vers lui, et qui étaient, sans qu'elle le voulût, plus pénétrants et plus acérés qu'une pointe de poignard. La voir, c'était souvent pour lui l'occasion de retours pénibles et confus sur sa propre vie et d'un vague remords du destin qu'il préparait à sa malheureuse victime. Délivrée, elle aussi, par cette séparation, libre enfin d'un voisinage qui l'épouvantait et lui faisait monter le dégoût au cœur, Christina se sentit presque heureuse.

Elle méditait en silence les bons principes qu'elle avait recueillis de Madame Corsini, par « son frère Joseph »; nom bien cher que, dans ses souvenirs, elle conservait pieusement à notre Joachim. Docile, douce, prévenante, elle gagna bientôt l'affection de la comtesse qui, partout, l'emmenait avec elle.

Cette dame charitable avait pour habitude de répandre autour d'elle de nombreux bienfaits. Pendant ses séjours à Turin, elle visitait les pauvres, les malades et principalement les orphelins dont la maison était peu éloignée de sa demeure. Un jour, pendant que la comtesse causait avec le supérieur et que la jeune fille se tenait révérencieusement à l'écart, elle aperçut non loin d'elle Joachim rêveur et triste. Son cœur bondit dans sa poitrine; mais habituée de longue date à maîtriser ses mouvements, elle s'approcha lentement de l'enfant qui ne la voyait pas, et, en même temps qu'elle mettait le doigt sur sa bouche... « Joseph ! » dit-elle bien bas. Il se retourne vivement, prêt à s'élancer vers son amie dont le signe le retient fixé sur place.... Elle ajoute : « Je te retrouve enfin, mon frère; compte sur moi. » Puis elle rejoignit promptement sa maîtresse que le supérieur reconduisait jusqu'à la porte.

A partir de ce jour, il ne leur fut pas difficile de se revoir. Christina était souvent l'heureuse messagère chargée d'apporter les aumônes de la bonne comtesse. Habitués à la voir,

les serviteurs de l'orphelinat n'exerçaient sur elle aucune surveillance et la laissaient passer librement ; ils savaient le bon
accueil qu'elle recevait des religieux de la communauté. Joachim,
toujours aux aguets près de la grille intérieure du préau, se
trouvait chaque fois sur son passage ; chaque fois il exprimait
le désir ardent d'être libre pour aller retrouver sa mère ;
chaque fois aussi Christina lui laissait de bonnes paroles d'a-
mitié, d'espérance et de consolation.

Pour ne rien compromettre, elle avait besoin qu'il sût se
taire et attendre, tandis que de son côté elle mettait beaucoup
de prudence. Par des questions adroites et discrètes, elle se
rendit compte de la route la moins pénible et la moins dangereuse pour aller en France ; puis, un jour, certaine que sa
famille s'était dirigée vers le nord et que M. Corsini était dans
ses terres du Milanais, assurée de ne rien commettre à l'a-
venture, elle était accourue à l'orphelinat pour donner ses
derniers avertissements à Joachim. En ce moment le concierge, très-affairé, se dirigeait vers l'intérieur de la maison.
Sans mot dire, elle prit son ami par la main, l'entraîna à toute
vitesse, suivit en courant les rues désertes parallèles à la rue du
Pô, — celle-ci étant trop bruyante et trop fréquentée, — arriva
au-delà du fleuve en face de l'église, tout en lui répétant les
renseignements qu'elle avait pris, lui indiqua le chemin de
Gênes.... et alors, saisie d'un violent serrement de cœur, elle

éclata en sanglots, incapable de proférer une seule parole.

Joachim tout étourdi de son action hardie et rapide, ne pouvait se rendre compte de ce qui venait de se passer, comprenait à peine qu'il était libre, la regardait avec stupéfaction et semblait lui demander ce qu'il avait à faire. Christina revint à elle la première ; elle répéta d'une voix brève ses instructions. Quand Joachim les eût bien comprises, les deux enfants s'agenouillèrent sur les marches du temple dédié à la Mère de Dieu se mettant sous sa protection par une ardente prière. Calmés par cette effusion de confiance envers Marie, l'appui des malheureux, ils se relevèrent pour se séparer.

Christina remit dans la main de son frère une maigre petite bourse ; tout ce qu'elle possédait ! Ils se jurèrent une amitié éternelle, se dirent une dernière fois adieu, — lui, marchant résolument ; elle heureuse et fière de sa bonne action.

CHAPITRE XXVIII

Joachim en mer. — Ozelli s'embarque aussi, sur le même navire ; heureusement on le débarque. — Arrivée à Marseille. — Les adieux du bon capitaine.

Au point du jour, le navire se mettait en marche quand Joachim monta sur le pont ; les matelots causaient vivement entre eux et se montraient l'un à l'autre un individu de sinistre apparence qu'on avait trouvé blotti parmi les caisses de marchandises et qu'on avait eu grande peine à repousser sur le port. Tantôt il courait sur le bord de la mer, avec des gestes de colère et menaçant l'équipage ; tantôt il se roulait sur le sable, en proie à une espèce de frénésie.

Joachim porta les yeux de ce côté et reconnut son persécuteur Ozelli. À peine eût-il la force de redescendre pour fuir cette vision terrible et attendre dans un coin obscur que le

navire fût bien loin du rivage. Quelles pouvaient être les intentions de cet homme que l'on avait vu, disait-on, rôder
depuis plusieurs jours, dans les environs du port et chercher
à s'embarquer furtivement? Peut-être voulait-il se dérober à
quelque grand danger ; quoi qu'il en soit, les matelots l'avaient
expulsé assez rudement.

On arriva en vue de Marseille. L'animation du port, l'aspect
des monuments qui l'entourent et la certitude de mettre enfin
le pied sur le sol de France, en toute sûreté, en toute liberté,
transformèrent bientôt notre jeune ami. Il manifesta son contentement par une gaîté folle : il bondissait sur le pont, chan-
tait, poussait des cris inarticulés ; puis ses yeux se remplissaient
de larmes. « Ma mère, s'écriait-il, ô ma mère, je vais te revoir
» bientôt! bientôt je serai près de toi ! » Puis un souvenir
l'arrêtait tout court au milieu de sa joie ; il devenait triste et
rêveur : il avait promis de donner tout son argent.

Ce fut dans un de ces moments que le capitaine le fit appeler près de lui. L'interpellant d'un air d'intérêt, mais sérieux :
« Hé bien ! petit, nous voici arrivés ; es-tu content? — Oh ! oui,
capitaine. — Tant mieux ! Maintenant, comment vas-tu faire?
— Partir de suite pour aller voir ma mère. — Mais la route
est longue et tu sais que tu m'as promis tout ton argent. » —

Joachim courba la tête ; ses yeux se remplirent de larmes.
Cependant il tira lentement sa pauvre petite bourse et la pré-

senta de bonne grâce... « Bien ! mon enfant ; mais, sans argent, que deviendras-tu ? — J'ai confiance en Dieu, capitaine. — Bien ! très-bien ! cher petit, dit le capitaine tout ému ; tu fais bien, et pour preuve, garde ta bourse ; tu ne me dois rien. Tu m'as bien servi pendant la traversée, comme tu l'avais promis ; et il ajouta gaiement : « *Mes mousses ne payent point leur passage.* » Jugez du contentement de Joachim : il approchait du capitaine, s'éloignait un peu, puis se rapprochait encore, le remerciant des yeux ; il fut compris..... « Viens » mon enfant, embrasse-moi, et sois toujours bien sage. » L'excellent homme sentait ses yeux devenir humides, son cœur se serrer ; il n'en put dire d'avantage.

Joachim n'était pas au bout de ses surprises ; décidément la Providence venait à lui et semblait rapprocher le terme de ses épreuves. On transbordait les marchandises amenées de Gênes dans un navire frété pour remonter le Rhône jusqu'à Arles, et, de là, à l'aide d'alléges, envoyer son chargement jusqu'à Lyon. Notre bienfaisant capitaine s'était entendu avec son collègue pour que celui-ci, à son tour, reçût gratuitement son protégé et en prît soin jusqu'à destination.

Le voyage fut long, et, pendant les vingt jours qu'il dura, Joachim n'oublia pas un instant de rendre mille petits services selon son âge et la mesure de ses forces, ce qui ne l'empêchait pas de débarquer pour parcourir les villes où l'on faisait quelque séjour : Arles, qui présente à chaque pas des monuments de l'époque des Romains ; Avignon et son Palais jadis habité par les papes, et tant d'autres cités qui se glorifient du temps de leur ancienne splendeur. Il avait admiré, en traversant la Camargue par la seule bouche du Rhône accessible aux grands navires, les nombreuses bandes de chevaux et de bœufs sauvages qui viennent se désaltérer au bord du fleuve. Il avait vu les belles plaines de la Provence chargées de riches récoltes, les montagnes couvertes de vignes et d'oliviers, qui descendent en gradins jusque dans les eaux rapides du Rhône !

Il arriva enfin à Lyon, la mémoire remplie du magnifique panorama qui venait de se dérouler lentement sous ses yeux ; heureux, heureux surtout de voir ainsi abréger la distance qui le séparait du terme de tant d'efforts et que maintenant il était sûr d'atteindre.

Les moyens de transport étaient fréquents, moins rapides et surtout plus coûteux alors qu'aujourd'hui. Attendre l'occasion d'un voiturin l'aurait forcé d'attendre plusieurs jours dans une auberge : outre les douloureux souvenirs que Lyon lui rappelait et, qu'il avait hâte d'écarter, l'exiguité menaçante de ses ressources, et, de plus, l'impatience bien naturelle à son âge et dans sa position, le décidèrent à aller à pied, sauf à s'imposer, chemin faisant, la plus stricte économie et les plus dures privations ; il y était habitué.

Aussitôt qu'il fut sorti du bateau, après ses adieux faits aux marins, à leur patron, — qui tous avaient été bons pour lui, et voulurent encore le pourvoir de quelques menues provisions pour la route, — il partit, pressant sa marche comme s'il eût dû franchir en quelques heures l'espace qu'il avait à parcourir. La misère, comme on le voit, lui avait appris à vivre de peu et à se contenter de tout ; le danger lui avait donné du courage et de la résolution.

Dans quel état allait-il trouver sa mère ? Madame Corsini avait été cruellement affectée de la perte de son enfant ; malgré sa pieuse résignation à la volonté du ciel, malgré sa force au milieu des autres épreuves qu'elle avait eu à subir, malgré les consolations qu'elle puisait dans le sein de l'amitié la plus dévouée, elle ne pouvait effacer de sa pensée l'image de ce fils, objet de tant de soins, de tant de regrets et de larmes. Sa santé était altérée, ses forces diminuaient chaque jour, son épuisement était tel que Mme Desgranges, qui la voyait s'incliner vers la tombe, ne la quittait presque plus.

Un soir que le temps avait été sombre et le jour plus triste encore que de coutume, Madame Corsini assise dans son petit salon s'entretenait avec sa tendre compagne : « Mon amie, » lui disait-elle, les larmes aux yeux, ne m'en veuillez pas » de vous attrister ainsi ; soyez-moi bonne et indulgente » comme toujours ; mais mon courage est à bout. Si l'enfant

» que je pleure et que je ne reverrai plus, existe encore ; s'il
» reparaît quelque jour, dites, oh ! dites-moi bien que vous
» l'accepterez comme votre enfant ; que vous l'aimerez comme
» l'aimait sa mère ; que vous lui parlerez souvent de moi ; que
» vous lui direz ma tendresse et mes regrets ; que vous aiderez
» au développement des bonnes qualités que j'étais si fière de
» voir naître en lui ; et du sein de Dieu où je ne tarderai
» guère..... »

Elle n'acheva pas... Un coup de sonnette vif et pressé retentit au seuil de cette mère défaillante.... Mme Desgranges
se leva comme mue par un ressort... « Mère ! disait une voix
du dehors, mère ! ouvre-moi... » Deux cris s'échappèrent en
même temps : « Joachim ! » et l'enfant tombait sur le sein de
sa mère évanouie.

En voyant sa mère dans cet état, il se précipita sur ses
genoux, le corps penché en arrière et les mains jointes.
« Mère ! s'écriait-il, reviens à toi, mère ! c'est moi ; c'est ton
» Joachim qui t'aime et ne veut plus te quitter.... Madame,
» disait-il encore, vous, son amie, au nom de tout ce que
» vous aimez, aidez-moi, rendez-la moi ; ne la laissez pas
» mourir ! »

Mme Desgranges le releva avec douceur. « Cher enfant, calme-
toi ; tiens-toi bien tranquille ; ta mère est malade ; l'émotion,
la surprise, la joie de ton retour, l'ont mise dans l'état où tu la

vois ; mais sois calme ; surtout, attends que je t'avertisse du moment où tu pourras approcher. Sois bien sage, mon ami ; une semblable secousse pourrait lui coûter la vie. » — « Merci, Madame, je vais bien vous obéir. » Et il se laissa docilement conduire dans un cabinet voisin d'où il prêta l'oreille avec une attention anxieuse.

Lorsque Madame Corsini rouvrit les yeux, elle les promena lentement, égarés, comme si elle sortait d'un rêve.... « Mon
» amie, je l'ai vu ; j'ai vu mon Joachim.... dans quel état,
» mon Dieu ! La face livide, les vêtements sordides ; oh ! mon
» amie... C'est une vision : mon fils est malheureux s'il
» existe... C'est un avertissement du ciel. » — « S'il en est
» ainsi, notre Joachim vit encore et Dieu le rendra à nos
» prières. Abandonnez-vous à lui et il prendra vos souffrances
» en pitié. Calmez-vous et remerciez-le de sa bonté infinie ;
» car bientôt.... » — « Dites, dites-le moi, s'écrie Madame
» Corsini ; ce n'était donc pas un songe ; je suis forte, voyez ;
» s'il est ici, et maintenant je suis sûre qu'il y est, ne l'em-
» pêchez plus de paraître. Joachim !... mon Joachim ! » Et elle le reçut dans ses bras, remerciant Dieu, et lui deman-dant la force nécessaire pour le protéger contre tous. Son fils se sentait désormais à l'abri de tout danger. Quel refuge, en effet, est plus assuré que le sein d'une mère ?

Le bonheur ramena bientôt Madame Corsini à la santé.

Joachim entouré des soins de ses deux mères, — car Madame Desgranges restée seule avait reporté sur lui toutes ses affections, — oublia bientôt toutes ses fatigues et toutes ses misères. Il revenait avec ses bonnes et aimables qualités développées par le malheur et la souffrance. Le récit de ses épreuves et de ses aventures entendu avec émotion et attendrissement resserrait les liens d'amitié qui ne faisaient de tous trois qu'une même et heureuse famille. Joachim, dans sa reconnaissance, conservait pieusement le souvenir des bontés de son ami Desgranges ; il en parlait souvent. « Ah ! disait Madame Cor- » sini, pourquoi faut-il que notre ami ne soit plus là ! mais il y » est et bénit cet enfant. C'est la prière de l'homme de bien, » aux pieds de l'Éternel, qui m'a valu le retour de Joachim ! »

CHAPITRE XXIX.

Le grand procès Corsini. — Le peintre Ch.... prononce quatre paroles décisives. — La mort des coupables.

Un jour, au milieu du calme et de la sérénité qui régnaient enfin dans leur modeste demeure, Madame Corsini et son fils furent appelés par M. le Procureur du Roi « à comparaître en son parquet » pour donner à la Justice les renseignements dont elle avait besoin. Ils s'y rendirent très préoccupés de savoir de quoi il s'agissait. Mais toutes suppositions eussent été inutiles, la Justice procédant, en pareil cas, avec la plus grande discrétion : il s'agissait de répondre à des questions posées par les juges de Turin, et répétées par le magistrat français.

Après le serment d'usage demandé à Madame Corsini,

après l'invitation faite à la mère et au fils de garder le secret au dehors sur tout ce qui allait leur être communiqué, leur interrogatoire commença ; ils comprirent bientôt qu'un grand crime avait été commis aux environs de Turin.

La bande de brigands à laquelle s'étaient affiliés Ozelli et Gastaldi et qui exploitait, comme nous l'avons vu, les environs de Novare, à la jonction de plusieurs routes très-fréquentées, en était venue à une telle audace, qu'elle répandait la terreur dans toute la contrée. On racontait un grand nombre de crimes atroces commis par ces misérables assassins sur la personne de voyageurs et contre les habitants dont ils mettaient les demeures au pillage, bravant la police et la force armée. Enfin on prépara une grande embuscade aux environs de la Sésia : une diligence arriva dont l'impériale était occupée par des carabiniers déguisés et bien armés. L'attaque fut hardie de la part des voleurs ; la défense, vigoureuse. Plusieurs brigands restèrent sur place ; un carabinier fut tué au moment où il interpellait par son nom un des brigands qu'il avait reconnu ; c'était Ozelli qui prit la fuite aussitôt, Ozelli même que nous avons revu à Gênes cherchant à s'embarquer et dont la présence et les allures avaient causé tant de frayeur à Joachim. L'attention de la police se trouvant éveillée, il n'avait pas tardé à être arrêté et ensuite conduit dans les prisons de Turin où il trouva presque tout le reste de sa bande.

Dès le commencement de l'instruction, Ozelli, comme principal accusé, se jugea perdu si M. Corsini, —dont la haute position et l'immense fortune pouvaient lui venir en aide, pensait-il, et le tirer d'affaire, — l'abandonnait à son sort. Il avait fait faire, avec toutes les précautions possibles, différentes démarches auprès de lui ; il lui avait écrit en grand secret une lettre pressante et n'avait pas obtenu de réponse ; mais il ne désespérait pas encore. Il connaissait la prudence extrême et les ruses dont le syndic avait l'habitude de s'envelopper.

Le jour du jugement venu, Ozelli se vit frapper d'une condamnation à mort : le coup fut terrible ; il entra dans un violent désespoir ; la prison retentissait de ses cris de rage.

Tout-à-coup une grande rumeur se répand dans toute la ville, parcourt les salons où l'on se communique tout bas l'étonnante nouvelle, elle arrive dans les lieux publics, elle éclate : « Le premier syndic est arrêté ! Mais pourquoi ? dans quelles circonstances ? » On s'agite, on s'informe, la vérité se fait jour enfin... « Il est impliqué dans le procès des brigands. Ozelli a fait des révélations !.... Il y a sursis à l'exécution pour compléter les découvertes de la Justice. »

C'est par suite de cet événement inattendu, et que beaucoup refusaient de croire, que Madame Corsini se trouvait en face du magistrat chargé de l'interroger ainsi que Joachim. Les questions du juge remontèrent jusqu'au temps où Ozelli,

sous l'apparence d'un colporteur, avait été envoyé pour enlever l'enfant qui faisait obstacle à la cupidité de M. Corsini.
On voit que le condamné dénonciateur avait été très-explicite
et que, dans sa colère et ses emportements, il n'avait rien dé-
guisé, se chargeant lui-même, pour entraîner dans sa perte
celui qui l'avait abandonné à son malheur. Il avait dit le
conciliabule de Chivasso, les ordres qu'il avait reçus, la manière dont il les avait exécutés ; puis les circonstances de la
mort de l'abbé Robasto ; enfin l'ordre que lui avait donné son
complice de quitter le territoire du royaume, après avoir abandonné, sous un faux nom, dans une maison d'orphelins, le
fils de Madame Corsini. Le magistrat français connaissait tous
ces détails et le prouvait par ses questions claires et précises.
Les souvenirs de Madame Corsini ne remontaient que jusqu'à
la fuite de Joseph le colporteur. Elle y ajouta les impressions
contradictoires qu'avait produites sur M. Desgranges l'inutilité de son voyage à Turin.

Quand vint le tour de Joachim, il raconta, simplement et
sans y rien changer, son intéressante odyssée. Et le magistrat
écoutait avec émotion le récit attachant de ses souffrances ; il
admirait, chez un enfant si jeune, sa constance dans ses bons
principes au milieu de ces êtres dégradés qui le traînaient à
leur suite. Il admirait sa soumission à la volonté de Dieu et
la confiance qui ne l'avait jamais abandonné.

Lorsque Joachim parla de l'amitié de Christina, des soins qu'il en avait reçus dans sa faiblesse et son dénûment, de son bon cœur et de l'empressement qu'elle avait mis à écouter les préceptes tout nouveaux pour elle, que lui-même tenait de sa mère ; lorsqu'il raconta les circonstances de son évasion qui lui avait sauvé la vie, évasion qu'il devait à la courageuse jeune fille, le magistrat l'arrêta... « Attendez, lui dit-il ; » et il se mit à consulter ses notes, les compulsa lentement et reprit : « Christina ! C'est la fille d'Ozelli, n'est-ce pas ?....

» Pauvre enfant ! Après votre évasion où, comme vous le dites, » elle s'est montrée si courageuse et si dévouée, on découvrit » sa pieuse fraude et sa maîtresse, sur la plainte du Supérieur, » l'a renvoyée.

« Lors de l'arrestation de son père, elle s'était réfugiée » dans une pauvre et honnête famille à laquelle elle avait sou- » vent porté des secours de la part de la comtesse. Elle tra- » vaillait avec ardeur quand, je ne sais par quelle influence, » elle a été arrêtée et mise en prison comme son père, et » accusée de complicité dans ses vols.

« — En prison, elle, Christina ! elle, une voleuse ! s'écria » Joachim. Oh ! Monsieur, grâce ! ayez pitié d'elle ! » — « Protégez, défendez cette enfant à laquelle je dois d'avoir » retrouvé mon fils, ajouta Madame Corsini ; elle est pieuse, » elle est honnête ; mon fils l'affirme, Monsieur, et il a hor-

» reur du mensonge. Elle a mendié sous les menaces de son
» père, et mon fils avec elle. Il l'appelait : « Ma sœur » : sau-
» vez-la, Monsieur, de la coupable influence qui la poursuit,
» et j'en ferai ma fille ; je l'adopterai et ne l'abandonnerai
» pas. »

Le magistrat promit de répéter dans son rapport tout ce
qu'il venait d'entendre. Il ne pouvait qu'éveiller fortement
l'attention des juges sur le sort de Christina dont on lui disait tant de bien.

Le rapport qu'il expédia parvint en Italie. Le procès, dès
lors, fut mené rapidement. Une foule nombreuse se pressait
aux portes du Palais, avide, là comme partout, des émotions
que procurent les débats d'un procès criminel. Triste spectacle cependant que de voir des coupables chargés de crimes,
défendre leur vie en face de la loi qui se dresse devant eux,
les balances d'une main, l'épée de l'autre, prête à venger la
société outragée.

Au nombre de ces brigands à la face repoussante, dont la
plupart révoltaient toute l'assistance par leur cynisme et leur
effronterie, on voyait Ozelli, l'œil irrité, mais résolu, paraissant
fier d'avoir fait, pour satisfaire sa vengeance, le sacrifice de
sa vie. Aussi, dans son interrogatoire, négligea-t-il sa propre
défense pour entraîner dans sa ruine son ingrat et orgueilleux
complice. A côté de lui figurait aussi M. Corsini. Un mo-

ment le syndic sembla vouloir se défendre avec quelqué assurance. Tandis que le misérable Ozelli répondait à l'une des
questions du juge, M. Corsini, s'entretenant avec son défenseur,
lui dit à mi-voix, mais assez haut pour être entendu de plusieurs personnes placées par faveur sur un banc réservé du
prétoire : « J'espère bien, M. l'avocat, que vous insisterez
» sur les invraisemblances de cette dénonciation. Quelqu'un
» m'a t-il vu en rapport avec lui pendant ce voyage qu'il pré-
» tend avoir fait par mon ordre en France ? » — A peine
avait-il prononcé ces mots, qu'il entendit une voix lui mur-
murer à l'oreille : « Quelqu'un vous a vu et parlera si vous l'y
forcez. »

M. Corsini se retourna vivement et reconnut notre ami le
peintre Ch...., qui semblait prédestiné par le ciel à servir de
juge mystérieux, mais implacable, aux auteurs de cette trame
criminelle qui avait failli enlacer à toujours le petit Joachim.

Vaincu par la menace de l'artiste, M. Corsini perdit aussitôt
contenance ; il resta la face blême, la tête inclinée sous le
poids de la honte et du remords. Humilié, abattu, ce corps
fléchi et sans force ne présentait plus que l'image de la lâcheté
dans le crime. M. Corsini, réduit à cet état, répondait au juge
d'une voix éteinte et tremblante ; sa finesse et sa présence
d'esprit l'avaient abandonné : première et évidente manifes-
tation de la vengeance d'En-haut. La menace de Ch..., l'ap-

pareil de la justice, les regards indignés de la foule, les dépositions des témoins, hier ses inférieurs, qu'il avait traités avec tant de hauteur et de dureté, le voisinage de ses complices, êtres infâmes et abjects, auxquels il se trouvait publiquement assimilé, tout contribuait à troubler sa raison, à obscurcir sa pensée, à le priver des ressources de son intelligence. Il se défendit mal, se coupa dans ses réponses, le sentit et reconnut enfin l'inutilité de ses efforts ; il retomba inerte sur son banc et lut dans tous les yeux qu'il n'inspirait plus que pitié méprisante et que dégoût.

Les débats durèrent plusieurs jours ; à chaque audience, la foule augmentait. On entendit de nombreux témoins : les paysans qui avaient transporté l'abbé Robasto, délivrés de toute inquiétude en voyant les coupables sous la main de la Justice, s'étaient décidés à parler ; les gens de l'hôtel où il était mort, le médecin qu'on avait appelé près de lui, tous firent des dépositions accablantes pour M. Corsini. Celui-ci n'avait pu les écarter si bien du lit où agonisait le moribond, qu'ils n'eussent entendu les paroles accusatrices de l'abbé Robasto, l'invocation qu'il avait adressée à Dieu en faveur de l'enfant et de sa mère. Sa voix était surtout claire et distincte au moment où il appelait la clémence divine sur les coupables. Tous avaient été frappés alors de n'entendre plus qu'un râle étouffé et de voir M. Corsini, qui, l'air égaré, les membres agités d'un frémissement nerveux, venait leur annoncer la mort du pauvre abbé, puis reprenait son sang froid et donnait des ordres pour la prompte inhumation de l'ecclésiastique.

Enfin le Président, au milieu du plus profond silence, fit avancer près du tribunal la jeune Christina rouge de honte et toute en larmes et lui dit avec bonté : « Le Sénat (c'était le » nom de la Cour de Justice, en Piémont), sans approuver les » moyens que vous avez employés pour procurer l'évasion du » jeune Joachim Corsini qui est maintenant à l'abri de tout » danger sous l'aile protectrice de sa mère (Christina respire » à pleins poumons) ; sans les approuver, dis-je, le Sénat » appréciant les motifs qui vous ont fait agir et la position » exceptionnelle où vous vous trouviez tous deux, vous met » hors de cause et ordonne votre mise en liberté immédiate. » » Un long murmure de satisfaction accueille ces paroles. Le Président ajoute d'une voix émue : « Mon enfant, Madame la » comtesse de L... avait été trompée par des rapports malveil- » lants dont il ne convient pas ici de nommer les auteurs ; mais » elle s'est présentée devant nous pour rendre pleine justice à » vos bonnes qualités, et, désireuse de réparer son erreur, » vous propose de reprendre près d'elle votre office de con- » fiance : acceptez-vous ? » — « Monsieur, répond l'enfant » avec simplicité et modestie, je suis reconnaissante du par- » don et des bontés de Madame la comtesse ; mais je désire re-

» tourner auprès des personnes charitables qui m'ont recueillie
» dans mon malheur. Elles sont pauvres ; j'espère leur être
» utile par mon travail et m'acquitter ainsi envers elles. » Des
marques nombreuses d'approbation sont données de toutes
parts, même du haut de l'estrade où siégent les membres de
la Cour qui perd un instant son impassibilité.

Christina regarde son père, sanglote et se retire ; la foule
s'écarte avec respect pour la laisser passer.

Le calme étant rétabli, le président prononce des peines
proportionnées au degré de culpabilité des accusés reconnus
coupables. Ozelli et Gastaldi sont condamnés à la potence,
ainsi que Corsini, préalablement dégradé des honneurs du
syndicat.

Le Sénat jugeant sans appel, l'exécution devait avoir lieu
dès le lendemain. On trouva Corsini mort dans sa prison ; il
s'était fait justice lui-même, laissant derrière lui une mémoire
exécrée.

Quant à Ozelli et Gastaldi, criminels vulgaires, ils subirent
leur peine sur une place voisine de la citadelle, en présence de
cette classe de la population qui partout accourt et se presse
à l'horrible spectacle des exécutions capitales.

CHAPITRE XXX

Madame Corsini devenue puissamment riche par la mort de son beau-
frère. — Elle se rend à Turin. — On cherche, on trouve Christina. —
Retour en France. — Conclusion.

'ARRÊT et ses conséquences furent bientôt connus
de Madame Corsini, d'abord par communication of-
ficielle du Ministère de grâce et justice qui l'en informa
comme partie intéressée, à cause de la succession ouverte par
la mort de M. Corsini ; ensuite par les nombreuses lettres
que lui écrivirent des jurisconsultes, des agents d'affaires,
des intendants, des régisseurs qui lui offraient leurs services.
Tous protestaient de leur zèle, de leur capacité, de leur probité, quelques-uns même de leur désintéressement.

Le jeune Joachim devenait, de plein droit, l'héritier de son
oncle ; c'était un fait considérable dans la position de Madame

Corsini. Quant au choix d'un agent parmi tous ceux qui s'offraient avec tant d'empressement, elle n'en accepta aucun, avertie qu'elle était par l'expérience de son mari et de M. Desgranges. Sa présence d'ailleurs et celle de son fils étaient indispensables en Italie. Sur la recommandation du magistrat d'Arbois qui lui avait témoigné sa sympathie lors de l'interrogatoire, elle demanda le concours d'un légiste fort instruit, expérimenté, prudent, d'une probité éprouvée et l'emmena avec elle ainsi que Madame Desgranges qui avait consenti sans peine à l'accompagner. Ces dames s'étaient promis, en effet, de ne se jamais séparer.

Madame Corsini justifia de ses titres, et, en quelques semaines, ses droits furent régulièrement établis. Ses malheurs, ceux de son fils si merveilleusement conduit par le doigt de la Providence, étaient connus de tous ; aussi, éprouvait-elle partout et de tous le même empressement à faciliter ses démarches et à servir ses intérêts.

Décidée à transporter en France une partie de la fortune de son fils, elle vendit la propriété de Pancalieri. Inspirée par sa profonde et sincère piété, elle s'entendit avec le Supérieur d'un couvent voisin, pour fonder un service expiatoire à l'intention du repos de l'âme de son beau-frère. Ce devoir rempli, elle se mit à parcourir ses autres domaines italiens, recommandant à l'honnête homme qui l'accompagnait de prendre de tout une exacte connaissance : elle avait résolu d'en faire son administrateur général. Restée simple et bonne au milieu de tant de richesses, elle ne s'en réjouissait que pour la liberté qu'elles lui donnaient de faire du bien. Quelques secours placés à propos, des paroles bienveillantes adressées à tous les gens qui allaient dépendre d'elle, inaugurèrent pour eux une vie de calme, de justice et de bonheur.

Madame Corsini, tout en arrivant à Turin, avait pensé à Christina, et, chaque jour Joachim inquiet, tourmenté, renouvelait ses instances ; il avait hâte de revoir sa bonne Christina pour la présenter à sa mère..... « Tu verras, lui disait-il, » comme elle est douce, comme elle est pieuse ! Tu l'aimeras » tout de suite ; tu l'aimeras, n'est-ce pas, mère ? Promets-» le moi. » Dans son impatience, il eût volontiers accompagné, pendant leurs recherches, les personnes chargées de découvrir sa retraite, — tâche difficile à remplir dans une ville où les maisons, immenses, étaient presque toutes sans concierge. Il fallait toute sa docilité envers sa mère et tout l'ascendant qu'avait sur lui Madame Desgranges pour l'en empêcher.

Un jour enfin, on annonça qu'on avait trouvé l'adresse de la jeune fille ; selon les ordres de Madame Corsini, on lui avait laissé ignorer la présence à Turin de Joachim et de sa mère. A cette nouvelle, Joachim se livra à une joie bruyante ; il était fou de bonheur. « Courons, courons bien vite ! » s'é-

criait-il en prenant la main de sa mère et de son amie, cherchant à les entraîner. « Courons.... si nous n'allions plus la
» retrouver ! » Il fallut bien céder à son empressement.

Dans une assez triste maison de la rue Saint-François, à
l'étage le plus élevé, dans un misérable galetas, était une
pauvre famille offrant l'aspect de la plus profonde indigence.
Mais au milieu de ce tableau, et, comme pour en adoucir la
tristesse, on pouvait voir une jeune fille travaillant avec ardeur
à un ouvrage d'aiguille près d'être terminé et dont le mince
salaire était destiné à la modeste emplette du repas du soir.
Le contentement qu'elle éprouvait de pouvoir, ce jour-là, satisfaire aux besoins de ses amis, rendait sa figure radieuse et
ses mains plus agiles.

On frappe à la porte ; Joachim se précipite le premier :
la jeune fille pousse un cri ! « Joseph ! mon frère !.... » Elle
aperçoit alors Madame Corsini qui entre à son tour. Christina se jette à ses pieds, jugeant instinctivement que c'est la
mère de son ami : « Pardon, pardon, Madame ; je suis si
» heureuse de revoir *Monsieur* Joachim dont le sort m'in-
» quiétait depuis si long-temps, que j'ai oublié le respect que
» je lui dois ! »

— « Vous ne m'avez point offensée, chère Christina, dit
Madame Corsini en la relevant et la pressant sur son cœur.
J'aime à voir en vous ces sentiments affectueux pour mon

fils que vous avez soutenu, protégé dans sa misère, que vous avez sauvé du danger en le rendant à ma tendresse. »

— « Vois, Christina, comme ma mère est bonne ; je te l'avais bien dit. »

— « Nomme-la ta sœur, mon fils, je le permets ; elle sera ma fille et ne me quittera plus. J'approuve l'amitié que vous vous êtes jurée aux pieds de la Madone, mes enfants. Conservez-la précieusement : toi, ma fille, comme souvenir de ta belle action ; toi, mon fils, comme gage de ta reconnaissance. Mais c'est à moi, maintenant, d'acquitter ta dette envers ces braves gens qui t'ont recueillie ; remets-leur ce portefeuille en ton nom et au mien, en attendant que nous avisions à ce que le besoin ne puisse plus les atteindre. »

— Elle prit Christina par la main et se retira comblée des bénédictions de l'honnête famille.

Madame Desgranges avait suivi avec intérêt cette scène touchante pendant laquelle elle étudiait avec soin la physionomie de la jeune fille, dont les traits calmes et réguliers, l'air modeste et l'œil intelligent lui plurent tout d'abord. Elle aussi, se sentant portée d'amitié vers Christina, se promit de lui faire une vie heureuse et de la traiter comme sa fille. Elle se plaisait à contempler d'avance le tableau du bonheur dont jouirait sa famille d'adoption augmentée de cette aimable enfant.

Tous ses intérêts réglés, Madame Corsini eut le désir de retourner en France et s'y disposa. Auparavant elle prit des
mesures pour que la mère de Christina et ses autres enfants
se ressentissent de ses bienfaits ; elle en remit le soin à son
intendant. Son espoir était qu'en éloignant la misère de cette
triste famille, on pourrait la ramener à des sentiments honnêtes
et à une vie régulière. C'était encore une manière de récompenser Christina , et la manière, sans doute, qui devait lui
être le plus sensible.

L'intendant fut aussi chargé de veiller au bien-être de ses
fermiers, tenanciers et autres gens par eux employés. Il devait introduire dans ses domaines les méthodes et les instruments reconnus capables de rendre leurs travaux moins pénibles
tout en augmentant les produits de la culture. Il était chargé
de veiller à leur santé, au maintien de leurs forces, à leur
aisance relative, en leur procurant, à des prix économiques,
les aliments essentiels, en assainissant leurs demeures.

Il lui était vivement recommandé de les moraliser par l'or-
ganisation de plusieurs écoles confiées à des maîtres et à des
maîtresses éprouvées qui auraient le soin de répandre autour
d'eux l'instruction appropriée à leurs besoins, de les diriger
par leurs conseils, de les édifier par leur exemple.

Madame Corsini avait encore à satisfaire un besoin de son
cœur et à contenter un vif désir de Joachim : tous deux vou-

laient aller à Gênes témoigner leur gratitude aux personnes qui avaient pris sous leur protection l'enfant alors abandonné du sort ; ce fut donc par Gênes que l'on résolut de rentrer en France. Cette proposition agréait aussi à Madame Desgranges curieuse de voir la mer et de visiter ces contrées favorisées du ciel.

Tous quatre descendirent à l'hôtel de la place Banchi où ils retrouvèrent, à la plus grande joie de Joachim, tout le personnel qu'il y avait laissé. Ils furent reçus à bras ouverts, fêtés, félicités avec l'empressement le plus cordial.

Joachim reprit, pendant une semaine, son ancien métier de *cicerone;* il visita, heureux cette fois, avec ses deux mères et sa sœur Christina, les lieux où la Providence avait si merveilleusement commencé à le récompenser de sa patience dans l'adversité et de sa confiance en la justice divine. On allait chaque jour à l'Annonciade rendre grâce à Dieu de son évidente protection ; puis, aux endroits qu'il avait jadis parcourus si souvent dans de tristes circonstances, il racontait avec feu toutes les impressions, toutes les petites aventures de son séjour.

On se décida enfin à partir. Joachim ne le fit pas sans avoir comblé de cadeaux les gens de l'hôtel qui avaient été si bons pour lui ; le plus important fut, bien entendu, pour l'excellent vieillard qui l'avait accompagné jusqu'au navire.

On avait eu le bonheur de rencontrer le bon capitaine pendant l'un des courts séjours qu'il faisait à Gênes. Il avait été traité par les dames avec beaucoup de considération ; on l'avait contraint d'accepter des mains de Joachim, « son petit mousse, » comme il l'appelait en riant, un magnifique chronomètre, instrument précieux pour un marin, rare encore à cette époque et d'un grand prix.

Quant à l'excellente Madame F..., la maîtresse de l'hôtel, elle fut entourée d'attentions délicates et respectueuses. Son cher petit commissionnaire, maintenant qu'il l'osait, la couvrait des plus tendres caresses. Madame Corsini, heureuse de pouvoir enfin lui prouver sa gratitude, lui offrit un riche écrin, témoignage de l'amitié qu'elle lui avait vouée à toujours.

Les dames n'ayant pas voulu s'embarquer suivirent la route dite de la Corniche, qui longe les bords de la mer, par Savonne, Vintimille et Nice. Là elles se reposèrent, mais peu de jours, traversèrent rapidement la Provence et rentrèrent chez elles, satisfaites de se recueillir et de reprendre leurs tranquilles habitudes.

Peu d'années après, Joachim, grâce à son application et à une intelligence déjà très-développée, avait fait, dans les sciences, de rapides progrès. On pouvait augurer que, le temps venu, il se distinguerait dans la carrière qu'il lui conviendrait de choisir.

Madame Corsini avait concouru à la fondation de plusieurs œuvres de bienfaisance, relevé secrètement d'honnêtes familles tombées dans le malheur. Elle avait fait sa tâche principale de la création, au nom de son fils, d'un orphelinat dans lequel, en souvenir de cet enfant bien-aimé, de pauvres orphelins seraient élevés avec soin, et instruits dans les métiers les plus utiles et les mieux appropriés à leur force et à leur aptitude.

Madame Desgranges voulut s'associer, dans la mesure de ses moyens, à cette œuvre qui devait perpétuer la mémoire de l'enfant si aimé d'elle et de son mari, et prouver, par l'exemple de Christina et de Joachim, que la justice de Dieu est manifeste, et que ceux qui supportent avec patience, avec résignation, les épreuves qu'il leur envoie, trouvent tôt ou tard, la récompense de l'espoir qu'ils ont placé en lui.

FIN.

TABLE DES MATIÈRES

FIN DE LA TABLE.